Kreuzfahrt auf dem Fluss des Lebens

Peter Classen

Kreuzfahrt auf dem Fluss des Lebens

Märchen, die das Leben schrieb

Geschrieben von 2005 bis 2009

Impressum:

Verlag:	Enno Söker, Marienkamper Str. 1, 26427 Esens, Tel. 0 49 71 / 91 05-0 info@soeker-druck.de, www.soeker-druck.de
Umschlaggestaltung:	Verlag Enno Söker, Esens
Illustrationen:	Thilo Köpsel, Esens
Druck und Gesamtherstellung	Druckerei und Verlag Enno Söker, 26427 Esens
1. Auflage:	Februar 2014

ISBN: 978-3-941163-18-8

Inhalt

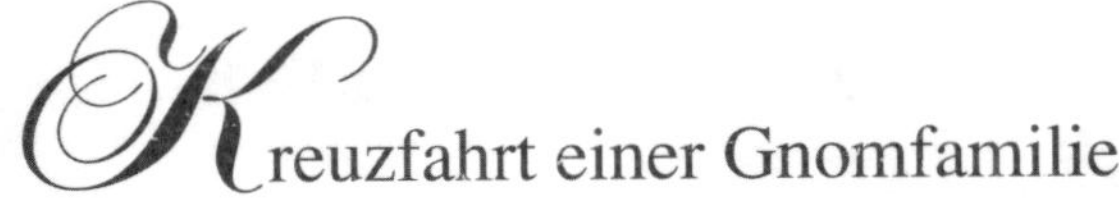

Kreuzfahrt einer Gnomfamilie

Ein Märchen für Kinder und Erwachsene

Eine Gnomfamilie beschließt, ihre Welt zu entdecken

In dem kleinen norddeutschen Städtchen Damme gibt es einen Bach, der im lieblichen Bexaddetal entspringt. Viele Dammer nennen ihn auch die „Dammer Donau".
Dort wohnte einmal eine winzige Gnomfamilie mit vier lieben Kindern. Sie lebten gerne und voller Lebensfreude in ihrem vertrauten Tal; wurden aber auch immer neugieriger.
„Es muss", so sagte der Gnomvater, „doch etwas außerhalb des Tales geben, denn der Bach fließt hinaus und kehrt nicht wieder zurück."
So fragten sie sich, wie es denn wohl außerhalb ihres Tales in der großen weiten Welt aussehen würde. Sie saßen Abend für Abend an ihrem Lagerfeuer und erzählten sich ihre Fantasien von der Welt.
Der Vater hatte seine Vorstellungen, die Mutter die ihren und jedes der Kinder machte sich noch ganz andere Bilder. Als sie merkten, dass keine der Vorstellungen denen der anderen glich, wurden sie alle unsicher und Benni, der älteste Sohn, fragte ganz aufgeregt: „Wie sieht es denn nun wirklich in der großen weiten Welt aus? Wir träumen hier vor uns hin und kriegen eigentlich gar nichts mit!"

Dem Vater legte sich die ohnehin schon runzelige Stirn noch mehr in Falten, und er stützte sein Kinn auf die Hand. Da kam ihm die zündende Idee und er sagte: „Lasst uns doch auf Wanderschaft gehen und uns ansehen, wie die Welt wirklich ist.“

Ein solcher Vorschlag aber sorgte die Mutter, die schon immer etwas vorsichtiger war, und so gab sie zur Antwort: „Wie sollen wir mit unseren kurzen Beinen und den vier Kindern so weit laufen? Wie sollen wir unser Hab und Gut mitnehmen, das wir doch für uns und unsere lieben Kinder brauchen? Das schaffen wir nicht!“

Eigentlich wollte die Mutter auch gerne auf Entdeckungsreise gehen, doch sie traute sich nicht so recht, das vertraute Tal zu verlassen und alle Sicherheiten aufzugeben, vor allem aber auch, den Kindern so ein Abenteuer zuzumuten. So war sie zerrissen zwischen ihrer Neugierde und der Sorge um ihre Kinder.

Die Kinder hatten schon längst ihre Köpfe zusammengesteckt und tuschelten miteinander. Mit einem Mal sprangen sie auf und riefen fast wie im Chor: „Lasst uns doch eine Reise mit einem Schiff auf unserem schönen Bach machen. Der trägt uns in die weite Welt und wir brauchen nicht selber laufen.“ Vater und Mutter Gnom schauten sich überrascht an. Gegen die Idee ihrer Kinder konnten sie nichts einwenden und willigten schließlich ein. „Bleibt nur ein Problem zu klären“, meldete sich die Mutter zu Wort, „wo bekommen wir ein geeignetes Schiff her?“
Auch hier hatten die Gnomkinder schon längst die Lösung gefunden.
Wenn sie im Herbst die Blätter von den Bäumen auf dem Bach schwimmen sahen, spielten sie häufig ein Spiel. Sie nahmen dann einer nach dem anderen ihren Mut zusammen und sprangen gekonnt auf ein Blatt auf und fuhren ein bisschen mit.
Das war natürlich ein sehr gefährliches Spiel. Sie mussten ja irgendwann wieder herunter springen und dann den Weg auch zurücklaufen. Gut, dass die Eltern das niemals mitbekommen hatten. Sie hätten ihnen das Spiel sicherlich verboten.
Gott sei Dank hatte es aber immer geklappt. Noch nie war eines der Kinder dabei ins Wasser gefallen.
So, als ob ihm der Gedanke eben erst gekommen wäre, machte Benni seinen Eltern den Vorschlag: „Wir können uns doch eins von den Blättern als Floß nehmen und uns darauf richtig einrichten.“

„Ja!“ antwortete der Vater: „Die Idee ist gut. Wir nehmen eines der Blätter und bauen uns da ein schönes Haus drauf.“ Damit war auch die Mutter einverstanden.

Ein Blattfloß wird gebaut

So ging die ganze Gnomfamilie an den Bach und suchte sich ein geeignetes Floß aus.
Eine Spinne half ihnen, das Blatt am Ufer fest zu machen, und schon konnte der Hausbau beginnen. Sie wollten gerade anfangen, da merkten sie, dass sie gar nicht wussten, wie sie ein Haus auf einem Blatt bauen sollten. Auch die Spinne, die sie daraufhin befragten, wusste keinen Rat. Sofie, so ihr Name, fürchtete sich vor dem Wasser und hatte daher keinerlei Erfahrungen im Schiffsbau. „Ja, wenn ihr ein ver… vernünftiges Netz ba… bauen woll… wollt, dann kö… könnte ich euch wo… wohl hel… helfen“, stotterte die Spinne. Sie stotterte immer vor lauter Aufregung, wenn sie etwas erklären sollte.
Da sagte Eva, die kleinste der vier Kinder: „An den Eicheln der Eichenbäume ist doch immer so ein großer Schirm. Wenn wir so einen auf das Blatt bringen könnten, hätten wir ein riesiges Haus für uns.“
„Mensch, kleine Schwester, du hast ja richtig gute Ideen“, lobte Benni sie.
„Ja, das ist wirklich schlau!“, meinte auch der Vater.
„Und wie sollen wir, bitteschön, den schweren Schirm der Eichel auf das Boot bekommen?“, fragte die Mutter.
Ratlos stand die Gnomfamilie vor ihrem Blattfloß am Bach.
Da kam ein großer und kräftiger Hirschkäfer des Weges, der die Unterhaltung gehört hatte, und sagte: „Dabei helfe ich euch gerne, ihr lieben Gnome“, und schritt zur Tat. Schnell fand er einen geeigneten Eichelschirm, nahm ihn mit seinen Zangen, und ging damit zum Floß.
Jetzt begann der schwierigste Teil der Arbeit. Ein Hirschkäfer ist ja sehr schwer, und wenn er auf das Floß klettert, kann

dieses untergehen, und alle Arbeit wäre umsonst gewesen. Der Hirschkäfer war jedoch sehr clever und so schob er zuerst ein paar Stöckchen, die von den Bäumen gefallen waren, unter das Floß, um es zu stützen. – Diesen Trick hatte er sich übrigens bei den Flusskrebsen abgeschaut. Jetzt konnte er sorglos mit dem Eichelschirm auf das Blattfloß steigen und das Haus errichten.
Sofie, die Spinne, half, das Haus richtig zu verzurren und Eva hüpfte nur so vor Freude, wurde doch ihre tolle Idee in die Tat umgesetzt.
Bald schon war das Blattschiff der Gnomfamilie fertig. Joschi, das drittälteste Gnomkind war außer sich vor Freude. Das Schiff war so groß geworden, dass er sogar Fußball darauf spielen konnte.
Insgeheim hoffte er, auf der Reise noch andere Gnomfamilien zu treffen mit vielen Kindern, sodass er eine richtige Fußballmannschaft organisieren könnte.
Die ganze Gnomfamilie freute sich auf die Reise, aber ein wenig traurig waren sie schon, ihr trautes Tal zu verlassen.
Der Tag des Abschieds rückte immer näher. Sie richteten sich in ihrem neuen Haus auf dem Blattfloß schon einmal wohnlich ein, und schliefen zur Probe darin.
Eines Tages wurde es dem Vater zu bunt. Artur, so sein Name, rief die Familie zusammen. „Es wird Zeit, dass wir aufbrechen. Wenn wir so weitermachen, kommt bald der Herbst und der Bach wird so viel Wasser führen, dass wir nicht mehr losfahren können. Morgen in der Frühe reisen wir ab."

Maria, die Mutter, bekam ganz feuchte Augen. Die Augen waren nicht nur feucht, sie weinte richtig. Es waren gemischte Tränen. Tränen der Trauer, musste sie doch Abschied

nehmen von ihrem heimischen Tal, und Tränen der Vorfreude, auf das, was ihr jetzt alles begegnen wird.
Ihr Mann und die Kinder nahmen sie jedoch zärtlich in den Arm, und Maria genoss sichtlich das wunderschöne Gefühl, geliebt zu werden. Da wusste sie: Wenn alle so zusammenhalten, dann kann die Reise nicht scheitern. Und schon kehrte das Lachen in ihr Gesicht zurück.

Sie packten die letzten Sachen auf das Floß und versuchten noch etwas zu schlafen.

Reisebeginn

Der Morgen kam schneller als erwartet. Die Spinne und der Hirschkäfer standen schon am Anleger bereit, um zum Abschied zu winken. Es waren aber auch etliche Vögel und Eichhörnchen gekommen, was die Gnome ganz besonders erfreute. Selbst der Regenwurm hatte es sich nicht nehmen lassen und war aus seinem feuchten Erdreich zur Verabschiedung gekrochen gekommen. Die Gnome hatten gar nicht gewusst, dass sie so viele Freunde hier im Tal hatten.
Der Hirschkäfer kappte mit einem lauten „Oho, oho“ die Leinen, die Spinne stotterte traurig „Tsch... tsch... tsch...üsss“ und los ging die Reise.

Langsam setzte das Floß sich in Bewegung und alle winkten. Die Vögel sangen zum Abschied im Chor und die Eichhörnchen tanzten dazu auf den Zweigen. Eine Taube rief ihnen nach: „Gurr, gurr ... Wenn ihr einmal Hilfe braucht, gurr, gurr, ruft mich, ich komme dann ganz schnell. Gurr, gurr. Ich kann ja fliegen.“
Schon waren sie auf der Mitte des Baches angekommen und hatten ihre Reisegeschwindigkeit erreicht. Manchmal stießen sie auch irgendwo an; dann rumpelte es ganz kräftig, aber es passierte ihnen nichts, da die Spinne das Haus gut verzurrt hatte.
Die Kinder rannten tagsüber kreuz und quer über ihr Floß und spielten. Manchmal hielten sie ihre kleinen Füße ins Wasser und quietschten vor Lebensfreude. Ab und zu lenkten sie das Floß auch ans Ufer, um die Gegend zu erkunden. Sie entdeckten Blumen und Sträucher, die sie aus ihrem Tal gar nicht kannten. Es roch auch ganz anders in vielen Gegenden, es gab andere Tiere und viel Neues zu entdecken.

Eines Abends hörten sie einen eigenartigen Gesang, den sie noch nicht kannten, und der sie neugierig machte. Vater Artur steuerte das Floß ans Ufer und eine Spinne verzurrte es wieder. Sie sprangen an Land und versuchten auszumachen, wo dieser eigenartige monotone Gesang herkam.
Maria sagte: „Morgen früh gehen wir auf Entdeckungsreise. Erst einmal wollen wir uns stärken und dann über Nacht für unseren morgigen Weg ausruhen."

Der Gesang der Mönche

Pünktlich um sechs in der Früh weckte der seltsame Gesang die Gnomfamilie wieder. Sie frühstückten in aller Ruhe und machten sich dann auf den Weg. Sie brauchten nur den Tönen zu folgen, die deutlich zu hören waren.

Der Weg war sehr beschwerlich, denn es ging steil bergauf. Der Gesang war auch immer nur für eine kurze Zeit zu hören. Dann war alles wieder still und einige Zeit später setzte er wieder ein.
Sie waren schon den halben Tag gewandert, konnten aber immer noch nichts entdecken. Da kam ein Eichhörnchen des Weges und fragte höflich: „Kann ich euch helfen?" Dabei hüpfte es ständig hin und her. Richtig nervös konnte man dadurch werden.
Maria, der die Füße schon ganz schön wehtaten von der langen Wegstrecke, fragte: „Kannst du uns vielleicht zu dem Ort bringen, wo der Gesang herkommt? Unsere Beine sind so kurz und wir sind schon ganz erschöpft", und war überrascht über ihren eigenen Mut.
„Klar doch!", antwortete das Eichhörnchen sofort. „Hüpft

auf meinen Schwanz und ab geht's. Ich kann euch aber nur bis vor die Tür des Hauses bringen, denn ich darf da nicht hinein. Das ist ein Kloster in dem Mönche leben. Ihr könnt aber unter der Tür durchkriechen und zuhören, wie die Mönche singen."
Die Gnomfamilie nahm die Einladung nur zu gerne an und kletterte auf den buschigen Schwanz des Eichhörnchens. Im Sauseschritt sprang es über Stock und Stein. Unterwegs erzählten die Gnome, wie sie mit ihrem Blattfloß aus ihrem Heimattal hierher gekommen waren.
In Windeseile erreichten sie das Kloster. Direkt vor der Pforte, die aus dicken Eichenbrettern gefertigt worden war, setzte das Eichhörnchen sie ab. Vater Gnom bedankte sich bei dem Eichhörnchen und dann schlichen sie unter der Tür durch ins Kloster.

Was sie jetzt sahen, überraschte sie sehr. Die Mönche waren alle in einen schwarzen Habit – so heißt die Kleidung der Mönche – gekleidet, und der Gesang war ihr Gebet zu Gott. Sie nennen es den gregorianischen Gesang. Dabei saßen sie um einen großen Tisch herum, den sie Altar nannten, und auf dem Kerzen standen.
Es war eigenartig. Der Gesang der Mönche berührte die Gnomfamilie so sehr, als wenn sie selber zu ihrem Gott beten würden. „Vielleicht haben wir ja sogar den gleichen Gott wie die Mönche", sagte die Gnommutter. Auch die Gnomkinder waren sich sicher. Wer so schön singen konnte, der musste zu ihrem lieben Gott beten.

Die Familie blieb eine ganze Woche in dieser Klosterkapelle. Sie hatten sich über Tag einen Platz in der ersten Reihe ausgesucht. Da konnten sie alles hören und sehen. Die Nacht

verbrachten sie im Beichtstuhl, da war es schön warm und gemütlich.
Die Mönche konnten die Gnome natürlich nicht sehen, da sie ja so klein waren. Und sie konnten auch nicht hören, dass die ganze Familie bereits am zweiten Tag ihre Gesänge mitsang, na ja, anfangs mitsummte, dann mitbrummelte, aber nach und nach auch die ersten Worte mitsang. Die Mönche machten ein so fröhliches Gesicht, wenn sie in die Kapelle kamen, und sie spürten ganz deutlich, dass sie sich über ihre Anwesenheit freuten

Fünf mal am Tag kamen die Mönche zum Beten in die Kapelle. Morgens um sechs, um halb acht, um zwölf, um sechs Uhr am Abend und um halb acht am Abend. Hunger brauchten die Gnome auch nicht leiden. Einer der Mönche brach zwischendurch heimlich von einem Stück Brot ab, das er unter seiner Kutte versteckt hatte und aß ein paar kleine Bissen. Dabei fielen immer ein paar Krümel auf den Boden und jeder dieser Krümel hätte als Essen für die Gnonfamilie eine ganze Woche lang gereicht.

Beim Abschied beschlossen sie, mit den Mönchen im Gebet verbunden zu bleiben. Ein letztes Mal noch beteten sie gemeinsam und dann krochen sie wieder unter der Tür durch. Als sie wieder vor der Kapellentür standen, waren sie überrascht, das Eichhörnchen dort erneut anzutreffen.

Das Eichhörnchen erklärte ihnen, dass es regelmäßig dahin gehe, um dem Gesang der Mönche zu lauschen, und sagte: „Deshalb wusste ich auch, dass ihr jetzt wieder zurück zu eurem Floß möchtet. Hüpft auf meinen Schwanz und ich bringe euch dahin.“ Dieser Einladung folgten die Gnome nur zu gerne, denn wenn sie ehrlich waren, keiner von ihnen wusste mehr so ganz genau, wie sie wieder zu ihrem Blattfloß zurückkommen sollten.

„Alle festhalten“, rief das Eichhörnchen und fegte los. Diesmal wählte es den Weg durch die Baumkronen. Die Gnome klammerten sich an den Haaren des buschigen Schwanzes fest. Es war wie eine Achterbahnfahrt, hoch und runter, mal sahen sie den blauen Himmel über sich, im nächsten Moment die Erde unter sich. Die kleine Eva hielt sich zusätzlich noch am Rockzipfel der Mutter fest, denn sie wusste, dass ihr so nichts passieren konnte.

Auch der Vater war erleichtert, als sie endlich wieder am Floß angekommen waren. Nur die drei Gnomjungen hatten noch nicht genug, sodass das Eichhörnchen mit ihnen noch eine Extrarunde durch die Baumwipfel drehte.

Anschließend bestiegen sie ihr Floß und das Eichhörnchen kappte die Leinen. Zum Abschied winkte es noch einmal mit dem buschigen Schwanz und die Gnome riefen im Chor: „Ahoi, liebes Eichhörnchen, bis bald einmal!“

Das Abenteuer mit der Kuh

Tagelang trieb das Floß mit der Gnomfamilie über den Bach. Einige Male mussten sie Stromschnellen passieren, wobei sie kräftig durchgeschüttelt wurden, aber alles unbeschadet überstanden hatten.

Das Floß trieb an diesem Morgen langsam in Ufernähe dahin. „Muh“, machte es plötzlich in einiger Entfernung und noch einmal war das „Muh“ zu hören.

„Kinder“, schrie Artur, „haltet euch fest!“ Mit aller Kraft steuerte er das Floß wieder in die Mitte des Baches. Das dauerte aber etwas. Über ihnen war der große Kopf einer Kuh, die am Bach stand und in Ruhe etwas trinken wollte. Ihr warmer Atem streifte die Gnomfamilie, die sich schon im Maul der Kuh verschwinden sah. Doch dem Vater gelang es, im letzten Augenblick am Maul der Kuh vorbei zu kommen.

Sie konnten sogar in die riesigen Nasenlöcher der Kuh schauen, aus denen sich gerade ein großer Tropfen löste und auf das Floß tropfte. Das schaukelte unter dem Gewicht und alle Gnome wurden pitschnass.

„Na, das ist ja gerade noch einmal gut gegangen“, stöhnte die Gnommutter erleichtert auf.

Weniger erleichtert waren allerdings die Kinder, die nun einer nach dem anderen mit einer Bürste von dem Nasendreck befreit wurden.

In den nächsten Tagen genossen die Gnome auf ihrer Reise die wunderschöne Landschaft; die vielen verschiedenen Blumen und alles, was ihnen noch begegnete. Sie waren allesamt glücklich darüber, dass sie sich auf diese abenteuerliche Reise begeben hatten. Die Tiere halfen ihnen, wenn sie Hilfe brauchten und die Gnome dankten es ihnen mit ihrer Zuneigung.

Eines Tages kam ein Rotkehlchen und sagte zu ihnen: „Ihr müsst an Land gehen. Da vorne ist eine Wassermühle, da kommt ihr mit eurem Floß nicht durch. Das Wasserrad zermalmt euch!“ Das Rotkehlchen sagte dieses natürlich nicht einfach so zu ihnen, sondern sang ihnen die Botschaft in einem Lied.

Sie steuerten ihr Floß an Land, vertäuten es und hatten nun Zeit, zu überlegen, wie sie da wohl dran vorbei kommen können.
Weit und breit war kein Eichhörnchen zu sehen, das ihnen hätte helfen können. Sie selber konnten ihr Floß auch nicht daran vorbeiziehen und so befürchteten sie schon, dass ihre Reise hier zu Ende ist.

Dies bemerkte eine kleine Spitzmaus, die in der Wassermühle wohnte und eilte zu Hilfe. Sie nahm den Stiel von dem Blattfloß in ihr spitzes Mäulchen und zog es über Land an der Wassermühle vorbei.

Schon lag das Blattfloß wieder unbeschadet im Wasser. Die Gnomfamilie bedankte sich herzlich bei der Spitzmaus und Eva gab ihr sogar einen Kuss auf ihr spitzes Maul. Für die Spitzmaus war diese Hilfe auch ein schöner Frühsport.

Das Erlebnis im Supermarkt

Der Bach trieb die Gnomfamilie immer weiter auf eine kleine Stadt zu. „Damme“ war da auf einem gelben Schild zu lesen. Als sie weiterfuhren, kamen sie an einem großen Haus vorbei, in dem viele Menschen aus- und eingingen. Maria sagte: „Einkaufscenter steht daran geschrieben. Aber was ist das denn?“ – „Lasst uns doch mal nachschauen“, schlug Benni vor.

So legten sie am Ufer an, kletterten die Böschung hoch und gingen auf das Einkaufscenter zu.

Das hätten sie besser nicht gemacht, denn jetzt wurde es mit einem Male gefährlich. Autos rasten an ihnen vorbei, Reifen quietschten und beinahe hätte sie ein Einkaufswagen erwischt. Überall hasteten Menschen vorbei, die auf nichts achteten und schon gar nicht auf kleine Gnome.

Die Menschen schimpften untereinander. „Du bekommst kein Eis“, drohte eine Mutter ihrem Kind. Und der Vater schimpfte mit der Frau: „Du hast ohnehin viel zu viel Geld ausgegeben.“ Überall auf dem Parkplatz ging es so zu. Hunde bellten in den Autos, in denen sie eingeschlossen waren, Türen knallten, Flaschen wurden mit großem Lärm

in eine Tonne geworfen, aus einem Lautsprecher dröhnte Musik, viele Menschen redeten gar nicht miteinander, oder eilten mit bösen Gesichtern zu ihren Autos.

„Die Menschen hier sind aber unfreundlich“, stellte Maria fest. „Ich habe Angst“, wimmerte Eva. Und auch die drei Jungen fühlten sich gar nicht wohl. „Die Menschen sind hier ganz anders als die Mönche“, meinte der Vater und sagte: „Lasst uns hier ganz schnell verschwinden.“
Sie liefen rasch zu ihrem Floß zurück, sprangen hinauf und legten ab.
Sie kannten ja schon Menschen, die in ihrem Bexaddetal spazieren gingen. Damals war ihnen bereits aufgefallen, dass ganz unterschiedliche Menschen dort liefen. Die einen wanderten ruhig und freundlich und andere wiederum hetzten nervös und aufgeregt durch das Tal. Einige Eltern schimpften sogar mit ihren Kindern, wenn sie am Bach spielen wollten. Aber hier bei dem Einkaufscenter waren ja alle Menschen nervös, unfreundlich und kalt. Die Gnome schüttelten sich, und Maria sagte: „Schnell weg von hier, vielleicht steckt das an.“
So ging die Reise weiter. Gut, dass sie nicht wussten, was die Menschen noch alles erfunden haben, sonst hätten sie die Reise bestimmt nicht fortgesetzt.

Die Fahrt im dunklen Kanal

Auf einmal waren keine Blumen und keine Gräser mehr zu sehen, sondern nur noch nackter, glatter Beton. Sie konnten auch nicht mehr anhalten und wurden mit ihrem Floß immer schneller.

Das Blatt begann sich wie verrückt zu drehen.
„Ich kann nirgends anlegen", rief der Vater.
„Da vorne sind Eisenstangen im Weg, die schneiden den Bach in Scheiben, was sollen wir bloß machen!", schrie Mutter Gnom entsetzt auf.
„Der Bach fließt da in ein Loch hinein; da ist nur noch ein großes Loch, das den Bach verschluckt", schrie Karli.
Sie schrieen in Panik um Hilfe, doch es war zu spät. Das finstere Loch hatte sie und ihr Floss, mitsamt dem Bach verschluckt.
Die Taube, die ihre Hilfe in Notfällen angeboten hatte, hörte die Schreie der Gnome im letzten Moment. Natürlich flog sie sofort los, um zu sehen, was geschehen war. Doch als sie endlich ankam, konnte sie nur den verschwindenden Bach mit dem Loch und den Metallstäben entdecken.
„Gurr, gurr! Ich glaube, da ist ein Unglück geschehen", gurrte sie und ein paar Tränen kullerten aus ihren Augen.

Die Gnome zitterten vor Angst. Das ganze Floß zitterte, aber sie merkten auch, dass sie noch lebten. Stockfinster war es und nichts zu sehen. Sie hörten nur das gequälte Fließen des Wassers. Das Plätschern des Bachs, das sie wochenlang begleitet hatte, war verstummt.
Langsam legte sich das Zittern und sie bemerkten, dass, wenn sie nichts mehr sehen können, sie das Lauschen lernen müssen, um zu erfahren, wo sie sind und was geschieht. Keiner sagte mehr etwas und das Zittern wurde noch weniger. Sie spürten, dass sie, wenn sie sich von der Angst nicht zerfressen lassen, sicherlich wieder aus der Finsternis ins Licht finden würden.
So beschlossen sie, ganz fest zusammen zu halten und einander Mut zu machen. Wenn bei einem das Zittern zu stark

wurde, kamen die Anderen und hielten ihn mit ihrer Liebe geborgen.
Irgendwann sagte Maria in die Stille hinein: „Ja! So geht das. Wenn wir so miteinander umgehen, werden wir diese Dunkelheit wieder verlassen."
Artur freute sich über die Weisheit seiner Frau und alle fassten wieder Mut.
Ihre Augen gewöhnten sich an die Dunkelheit und ab und zu sahen sie auch einen Lichtschein schimmern. Sie hörten ganz genau hin und konnten über sich den Lärm der Straße vernehmen: Autos hupten, Reifen quietschten und Motoren lärmten.

Auf einmal vernahmen sie ganz deutlich ein lautes Wehfiepen. Sie strengten ihre Augen an, und tatsächlich, schemenhaft konnten sie eine Ratte erkennen.
„Oh weh, oh weh", jammerte diese.
„Was hast du denn?", rief ihr Vater Gnom zu.
„Ich komme gerade aus der Bank über uns", fiepte die Ratte. „Ihr könnt euch das nicht vorstellen. Oh weh, oh weh!"
„Ja, sag doch, was ist denn passiert?", forderte Mutter Gnom die fiepende Ratte auf.
„Da oben in der Bank, es ist grausam. Dort treffen sich die Menschen, die Geld haben und die, die Geld brauchen, um zu leben. Die Verteilung ist so ungerecht. Schlimmer noch ist aber, dass die Menschen es einfach nicht begreifen, dass sie Geld weder essen, noch mit ins Grab nehmen können."

Die Gnome spürten, wie traurig die Ratte war und so fragte Maria sie: „Gehst du denn auch schon mal aus dem Rohr ans Tageslicht?" Die Ratte antwortete ihnen: „Ja manchmal mache ich das. Dann brauche ich frische Luft. Bin aber nachher immer total erschöpft und muss dann erst lange schlafen, bis ich wieder zu mir finde."

So wussten die Gnome jetzt, dass es einen Weg aus der Finsternis gibt und verabschiedeten sich mit all ihrer Liebe von der Ratte. Artur nahm Maria zärtlich in den Arm und sagte zu ihr: „Gemeinsam sind wir stark und finden den Weg ins Licht." Maria ließ ihren Kopf auf Arturs Brust fallen und die Kinder begannen ganz leise zu singen. Sie sangen wie die Mönche. Sie sangen Hoffnung in diese Finsternis.

Maria lag in Arturs Armen und sagte: „Gut, dass wir auf diese Reise gegangen sind, auch wenn wir jetzt noch in der Finsternis sind. Sonst hätten wir ja nie erfahren, wie es in der Welt wirklich ist."
Ihr Floß war an einer Rohrverbindungsstelle hängen geblieben und so hatten sie etwas Zeit, sich von den Strapazen auszuruhen. Sie schliefen tief und fest.

Am nächsten Morgen, löste sich ihr Floß wieder und die Reise ging weiter. Auf einmal hörten sie Menschen weinen und stöhnen. Sie spürten so viel Leid, so dass sie mitweinen mussten. Da tauchte die Ratte wieder auf und sagte: „Da oben ist ein Krankenhaus. Da sind die Menschen, die in der Hektik und Kälte nicht mehr bestehen können. Sie werden oft krank und dann weinen sie."
„Das ist ja grausam!", rief Eva erschrocken. „Warum sind die Menschen denn so?".
Die Ratte antwortete ihr: „Viele Menschen sehen nur sich selber, und dabei bemerken sie gar nicht, dass sie sich dadurch immer mehr selber verlieren. Es gibt aber auch andere, die gehen ruhig und besonnen ihren Weg. Sie leben bescheiden und glücklich und haben dennoch alles." So ging ihre Reise weiter und sie wurden immer weiser.

„Liebe Ratte", rief Vater Artur der Ratte zu, „komm doch mit uns. Dort draußen in unserem Tal, da findest du Nahrung und Freunde und vor allem Licht."
„Meint ihr, dass ich das machen kann?" fragte die Ratte unsicher.
„Natürlich", sagten die Kinder wie im Chor, „alle werden sich freuen, dich kennen zu lernen."
„Ich kann euch aus dem dunklen Rohr herausziehen", bot sich die Ratte an.
„Wir haben auch noch ein Tau, das Sofie, die Spinne uns mitgegeben hat", stellte Artur fest und warf es der Ratte zu. Gekonnt nahm sie das Tau in ihr Maul, und zog mit dem Floß im Schlepptau dem Ausgang entgegen.

Eine Weile später rief Artur so laut er nur konnte. „Licht! Ich sehe Licht!". Sie alle umarmten sich vor Freude und tanzten

im Kreis. Sie hatten den Ausgang gefunden. Kaum waren sie wieder im Tageslicht, vernahmen die Gnome ein bekanntes Geräusch.
„Gurr, gurr, da seid ihr ja endlich. Seit zwei Tagen warte ich auf euch, gurr, gurr.“

Wie groß war die Freude, die alte Freundin wiederzusehen. Sie hatte ihr Versprechen wahr gemacht und die Gnomfamilie nicht im Stich gelassen. Geduldig hatte sie am Ausgang der Röhre gewartet und gewusst, irgendwann würden sie hier herauskommen.
„Schau einmal, wir haben sogar einen neuen Freund mitgebracht“, meinte Benni und zeigte auf die Ratte.
„Er hat uns gerettet“, ergänzte Karli und erzählte der Taube die ganze Geschichte.

„Und wir haben jetzt genug von der Welt gesehen, wir wollen wieder in unser Bexaddetal", unterbrach Mutter Gnom den Redefluss ihres Sohnes.
Die Taube ließ sich nicht lange bitten. Sie kauerte sich hin, dass die Gnome auf ihr Gefieder klettern konnten.
„Gurr, gurr. Und was machen wir mit der Ratte? Die kann ich nicht tragen."
„Kein Problem", fiepte die Ratte. „Ich kann euch am Himmel fliegen sehen und laufe einfach hinterher."
Gesagt, getan. Die Taube erhob sich mit der Gnomfamilie in den Himmel und flog langsam, so dass die Ratte sie nicht aus den Augen verlor, ins Bexaddetal zurück. Von oben konnten die Gnome ihr Floß auf dem Bach treiben sehen, dem Horizont entgegen.
Vielleicht schwimmt es ja eines Tages auch bei dir vorbei.

Übrigens, wenn du einmal im Bexaddetal spazieren gehst, achte genau darauf, ob du nicht vielleicht die Gnomfamilie oder eine der anderen Gestalten dieser Geschichte siehst. Wenn ja, dann lass dir von ihnen über die Welt und die Menschen erzählen. Sie sind seit ihrer Kreuzfahrt ein ganzes Stück schlauer geworden.

Das Märchen vom Nikolaus, der so gerne einmal Knecht Ruprecht sein wollte

Ein Märchen für Kinder und Erwachsene

Der Nikolaus und sein Plan

Es war einmal ein Nikolaus, der keine Lust mehr hatte, immer nur der Nikolaus zu sein. Er war neidisch auf den Ruprecht, seinen Knecht. Der durfte den Kindern mit der Rute immer solche Angst machen und ihnen drohen, bis sie zitterten. Er, als Nikolaus, durfte immer nur sagen, was die Kinder alles gemacht haben und Geschenke verteilen. Das fand er ungerecht. „Dieses Jahr mache ich das nicht mehr mit", sagte er sich und brütete einen Plan aus.

Der Ruprecht, mit dem der Nikolaus zusammenwohnte, bemerkte, dass sich sein Chef sehr verändert hatte, traute sich aber nicht, etwas zu sagen. Er hatte solche Angst, sein Chef könne ihn rausschmeißen und wo sollte er dann bloß bleiben mitten im Winter.

Bis zum Nikolausfest waren es nur noch sechs Wochen und die sonderbaren Dinge im Hause Nikolaus nahmen immer mehr zu. So vermisste der Ruprecht eines Tages sein Kostüm und als er den Nikolaus danach fragte, bekam er zur Antwort: „Auf deine Sachen musst du schon selber aufpassen." So abgefertigt, begann er sich, ein Neues zu nähen.

Eines Tages verschwand dann der Nikolaus und keiner wusste, wo er hin war. Er hatte sich mit den geklauten Sachen als Ruprecht verkleidet und war zum Bahnhof gelaufen.

„Jetzt fahre ich in eine fremde Stadt“, sagte er zu sich selbst, „da wo man mich nicht kennt und jage den kleinen Kindern erst einmal richtig Angst und Schrecken ein.“
So kaufte er sich eine Fahrkarte und stieg in den Zug. Dass jedoch hatte der Schaffner gesehen und rief dem Lokführer zu: „Hey Lokführer noch nicht losfahren! Der Ruprecht ist in unseren Zug eingestiegen und der Nikolaus fehlt noch!“ Der ganze Zug wartete nun auf den Nikolaus. Alle Insassen sahen den falschen Ruprecht an und wollten wissen, wann denn nun der Nikolaus kommt. Das wiederum war ihm so peinlich, dass er sich eine Notlüge einfallen ließ.

Aus heiterem Himmel sagte er den Passagieren: „Da vorne kommt der Nikolaus“, woraufhin alle in die Richtung zum

Bahnsteig sahen, die er ihnen wies. In dem Moment, wo alle abgelenkt waren und erwartungsvoll suchten, stieg er auf der anderen Seite des Zuges aus, sprang über das Geländer und flüchtete gänzlich verstört.
Enttäuscht und frustriert schlich er nach Hause, entkleidete sich und schruppte den Ruß von den Händen, aus dem Gesicht und dem Bart. Dabei beschloss er einen neuen Plan. „Morgen fahre ich mit der Fähre auf eine Insel! Das Schiff ist groß, da falle ich bestimmt nicht auf", sagte er sich, aß noch etwas und legte sich schlafen.

Die Fahrt mit der Fähre

Am nächsten Morgen ging er als Ruprecht verkleidet zum Anleger der Fähre nach Norderney in Norddeich Mole, löste seine Fahrkarte und betrat das Schiff in der Hoffnung, nicht erkannt zu werden. Es schien alles geklappt zu haben, denn niemand sprach ihn an. So setzte er sich zuversichtlich auf eine Bank und wartete darauf, dass das Schiff ablegt. Plötzlich kam eine Durchsage des Kapitäns über die Lautsprecheranlage, die ihn bis ins Mark erzittern ließ.
„Achtung, Achtung. Unsere Abfahrt verzögert sich noch etwas. Wir haben einen seltenen Gast zu befördern, auf den wir noch warten müssen. Es ist der Nikolaus. Sein Knecht Ruprecht ist schon da und der reist ja niemals allein. Bitte haben sie etwas Geduld."
Die Leute auf dem Schiff begannen aufgeregt hin und her zu rennen, um den Ruprecht zu suchen. Nach kurzer Zeit hatte sich eine Traube von Menschen um ihn herum versammelt. Das war ihm entsetzlich peinlich, so dass er verzweifelt nach einer Lösung suchte, dieser Situation zu entkommen. „Ich

mache das gleiche wie im Zug", dachte er sich und zeigte auf die Pier, während er rief: „Da vorne kommt der Nikolaus!"

Alle Leute schauten sogleich zur Pier und der falsche Ruprecht stürmte zur anderen Seite davon. Voller Schrecken stockte er an der Reling und sah, dass da kein Weiterkommen war. „Alles nur Wasser, alles nur Wasser", schrie er verzweifelt und überlegte, ob er da rein springen sollte. „Das geht nicht", sagte er sich. „Zum einen ist das Wasser viel zu kalt, das kann ich nicht lange überleben und zum Zweiten würde das Wasser den Ruß aus meinem Gesicht und dem Bart waschen und alle würden sehen, dass ich in Wirklichkeit der Nikolaus bin. Was soll ich bloß tun? Was soll ich bloß tun? Ich bin verloren." Während er so in seiner Verzweiflung nachdachte, kamen die Passagiere voller Zorn auf ihn zu gerannt und er ergriff die Flucht mitten durch die ihm entgegenkommenden aufgebrachten Menschen. Er wurde gerempelt, beschimpft und lief so schnell er nur konnte runter vom Schiff.
„Nein, wie war das peinlich", dachte er sich, „und der Ruprecht, der braucht sich hier wohl nicht mehr sehen zu lassen." Er rannte so schnell er konnte nach Hause, schlich in sein Haus hinein und begann, sich zu waschen. Dabei stieg in ihm immer mehr Wut auf und er schrie vor sich hin: „Ich will doch die Kinder erschrecken und verängstigen. Ich will doch rauskriegen, wie das Gefühl ist, kleinen Kindern Angst zu machen und jetzt machen mir die Menschen Angst, wie einem Kind."

Beim Ausziehen der schwarzen Ruprechthose begann er tief berührt zu weinen. Die Hose war nass. Bei der Flucht durch die aufgebrachte Menschenmenge hatte er sich vor lauter Angst in die Hosen gemacht. Er weinte stundenlang bittere Tränen vor Enttäuschung, Wut und Neid auf den Ruprecht. Im Ort sprach sich das seltsame Verhalten des Ruprechts wie ein Lauffeuer herum und überall wurde jetzt darüber getuschelt, geredet und diskutiert. Ist der krank, hat ihn der Wahnsinn ereilt, oder will der uns nur verschaukeln. Der Nikolaus geriet dadurch immer mehr unter Druck, schnell zu handeln, bevor im Ort alle mitbekommen haben, dass der Ruprecht – na wie soll ich sagen – etwas spinnt.

So beschloss er, am nächsten Morgen direkt in seinem Dorf in die Schule zu gehen. Den Rest des Tages verbrachte er mit dem Üben, grimmige Gesichter zu ziehen und mit der Rute zu drohen.

Das Erlebnis in der Schule

Am nächsten Morgen begann er den Tag ganz früh, indem er eine Stunde vor dem Spiegel sein grimmiges Gesicht einübte. Er hoffte nämlich, dass wenn er das lange genug gemacht hatte, das Grimmige in seinem Gesicht bestehen bleibt und dadurch alle Leute vor ihm Angst haben und er dann nicht mehr verjagt und beschimpft wird und sich auch nicht mehr in die Hose machen muss. Danach zog er die schwarzen Kleider an, schwärzte seine Hände, das Gesicht und natürlich seinen großen weißen Nikolausbart. Den Bart hatte er dabei zu so einer Art kleiner Zöpfchen geflochten und nach hinten weggesteckt.

Es durfte in Norddeich unter keinen Umständen herauskommen, dass der seltsame Ruprecht in Wirklichkeit der echte Nikolaus ist. So vorbereitet schnappte er sich seine Rute, prüfte ein letztes Mal im Spiegel sein grimmiges Gesicht und ging aus dem Haus, schnurstracks in Richtung Schule.
Der Unterricht war schon in vollem Gang, so dass er ungehindert durch die Flure gehen konnte. Er ging an den Klassenzimmern vorbei und schaute auf die Schilder an den Türen. Hinter den Türen war angeregtes Lernen zu hören, mal die Lehrerstimme und mal Kinderstimmen. Plötzlich blieb er vor einer Klassentür stehen, auf der geschrieben stand ›Klasse 1b Klassenlehrerin Frau Müller-Schulze‹ und wusste, dass er hier richtig war. Frau Müller-Schulze kannte er noch nicht und sie ihn wohl auch nicht, vor allem aber sind in der 1. Klasse die ganz kleinen Kinder; die, die sich überhaupt noch nicht zur Wehr setzen können. Drei Mal atmete er tief durch, prüfte noch einmal mit einem kleinen Taschenspiegel sein grimmiges Gesicht, klopfte an und trat ein, ohne ein ›Herein‹ abzuwarten. Alle starrten ihn an, die Kinder ängstlich und Frau Müller-Schulze war völlig verwirrt.

Keine Zeit verlieren, dachte sich der Nikol, äh der falsche Ruprecht, und begann mit donnernder Stimme zu sagen: „Alle hergehört, der Nikolaus schickt mich zu euch, damit ich euch all eure ganz schlimmen Taten vorwerfe. Der Nikolaus hat nämlich keine Lust mehr, immer nur schöne Sachen zu sagen und euch Geschenke zu geben."

„Karl, mit dir fange ich an! Was hast du dir dabei gedacht, als du beim Nachbarn Kirschen heimlich vom Baum gepflückt und dann auch noch aufgegessen hast. Na antworte, antworte sofort, he."
„Marie zu dir! Eben als Frau Müller-Schulze dir den Rücken zugedreht hatte, hast du ihr die Zunge rausgestreckt; was sollte das, antworte gefälligst, aber plötzlich."
Ruprecht geriet immer mehr in Rage und fand eine Schlechtigkeit der Kinder nach der anderen, oder besser gesagt, er erfand eine nach der anderen. Ich glaube, der kriegte gar nicht mehr richtig mit, was er da alles den Kindern und natürlich auch der Lehrerin vorwarf. Er war regelrecht in einem Zornesrausch. Die Kinder kauerten auf einem Haufen und Frau Müller-Schulze stand fassungslos da mit weit offenem Mund und war nicht mehr in der Lage, auch nur noch ein Wort zu sagen.

Plötzlich passierte es.
Der falsche Ruprecht brach mit Wutschaum vor dem Mund zusammen und fiel in ein leises trauriges Wimmern und Weinen. Sein Weinen und Schluchzen erfüllte den ganzen Raum und die Kinder waren so tief berührt von dem Schmerz des armen Ruprecht. Seine Tränen wurden immer größer und kullerten seine Wangen herunter durch den Bart und hinterließen weiße Spuren in dem rußigen Gesicht.

Auf einmal riefen die Kinder! „Das ist ja gar nicht der Knecht Ruprecht, der ist ja nur schwarz gefärbt." Durch die vielen Tränen wurde das Gesicht immer heller und der weiße

Bart kam mehr und mehr zum Vorschein. Jetzt erkannten die Kinder, dass das doch ihr Nikolaus war. Frau Müller-Schulze war auch ganz gerührt und hatte auf einmal eine tolle Idee.

„Ich hole eine Schüssel mit Wasser und ganz viele Tücher", sagte sie, „und ihr liebe Kinder könnt den Nikolaus aus seiner schwarzen Verkleidung befreien". Je mehr die Kinder den Ruß aus Rupr.. äh Nikolaus' Gesicht entfernten, umso mehr hellte sich auch sein Gemüt auf. Auf einmal war sämtlicher Grimm in seinem Gesicht verschwunden und sein Nikolausstrahlen war wieder da. Die Kinder waren glücklich, hatten sie doch harte Arbeit geleistet, den falschen Ruprecht zu erweichen.

Der Nikolaus, nun wissen wir ja wer der Mann ist, bekam jedoch gewaltige Gewissensbisse. „In meinem Haus“, so sagte er den Kindern, „wohnt ein echter Knecht Ruprecht und der darf nicht mehr auf Kinder losgelassen werden. Jetzt nachdem ich erfahren habe, wie sich das anfühlt, kleinen Kindern Angst zu machen, werde ich alles dafür tun, dass das nie mehr geschieht. Was mache ich aber mit dem Ruprecht? Wenn ich ihm sage, dass er nicht mehr arbeiten darf, muss er doch zum Arbeitsamt gehen und sich arbeitslos melden.“ Denn eigentlich ist ein Ruprecht tief in seinem Innersten auch ganz weich und verletzlich. „Was mache ich bloß mit ihm?“, fragte sich der Nikolaus.
Die Kinder waren so gerührt von der Not des Nikolauses und überlegten zusammen mit ihm, was denn mit dem armen Ruprecht geschehen könne. Auf einmal hatten die Kinder die Lösung. „Der Ruprecht kann doch eine Umschulung zum Nikolaus machen“, riefen sie und sagten weiter, „dann brauchst Du auch vor Weihnachten nicht mehr so viele Überstunden zu machen.“ – „Das ist eine tolle Idee“, sagte der Nikolaus, „dann habe ich ja auch viel mehr Zeit für die einzelnen Kinder und auch für mich.“

Der Nikolaus bedankte sich noch bei den Kindern für ihre tolle Hilfe und natürlich auch bei Frau Müller-Schulze und sagte: „Bis bald liebe Kinder. Wenn ich als richtiger Nikolaus wieder zu euch komme, erzähle ich euch, wie das mit dem Knecht Ruprecht weitergegangen ist.“ Glücklich pfeifend ging er durch die Straßen nach Hause. Das sah vielleicht komisch aus. Das Nikolausgesicht mit dem weißen Haar und dem langen weißen Bart in der schwarzen Kleidung des Ruprechts. Die Leute drehten sich verwundert nach ihm um, aber das störte ihn herzlich wenig.

Der Ruprecht macht eine Umschulung

Zuhause angekommen, schlich er sich nicht mehr heimlich ins Haus hinein, sondern ging aufrecht durch den Haupteingang und rief: „Hallo, lieber Knecht Ruprecht. Bitte sei so lieb und komme einmal zu mir. Ich muss mit dir sprechen."
Der Ruprecht staunte nicht schlecht, als er den Nikolaus in seinen Kleidern sah. „Was ist denn mit dir los?" rief er erschrocken, „Du hast ja meine Kleider an, was soll das alles?"
„Bitte setze Dich, lieber Ruprecht", antwortete der Nikolaus, „ich muss Dir so viel erklären und habe Dir großes Unrecht getan."
Der Nikolaus erzählte ihm alles, was geschehen war, was er erlebt hatte und bat ihn um Verzeihung für alles, was er ihm angetan hatte und dass er ihm seine Kleider geklaut hatte. Der Ruprecht war glücklich über die Ehrlichkeit, musste aber auch herzhaft lachen über die Einfältigkeit des Nikolauses. Als er dann hörte, dass er zum Arbeitsamt gehen solle, um eine Umschulung zu beantragen, wurde er ganz still und sagte: „Nikolaus, das ist schon seit Ewigkeiten mein größter Wunsch." So erzählte er dem Nikolaus, wie schwer es ihm immer gefallen ist, den Kindern Angst und Schrecken einzujagen und er freue sich schon sehr auf die Umschulung.
„Weißt du was, Nikolaus!" sagte er: „ab heute rasiere ich mich nicht mehr und wenn ich mit der Umschulung fertig

bin, ist mein Bart auch schon lang genug." Beim Arbeitsamt ging alles glatt, werden doch vor Weihnachten Nikoläuse händeringend gesucht und er durfte seine Ausbildung auch sofort beginnen. Den praktischen Teil konnte er bei seinem Nikolaus in Norddeich machen. Auch ein Nikolaus-Gewand bekam er vom Arbeitsamt für seine neue Aufgabe gestellt und beim Ausprobieren strahlte er bis über beide Ohren. „Jetzt darf ich endlich den Kindern Freude machen!" sagte er dem Nikolaus mit Tränen in den Augen. Vor Freude fielen sie sich in die Arme und genossen sichtlich die Veränderung in ihrem Leben.

Nun stand das Nikolausfest unmittelbar bevor und der Nikolaus musste natürlich die Grundschule in Norddeich besuchen. „Da gehen wir gemeinsam hin", sagte der Nikolaus zum Rupr… äh zum Nikolaus in Ausbildung „und besuchen die Klasse von Frau Müller-Schulze mit ihren Kindern." Die Kinder staunten nicht schlecht, als auf einmal zwei Nikoläuse in ihrer Klasse auftauchten.

Sie quietschten nur so vor Freude, erkannten sie doch ihren Nikolaus wieder und auch den ehemaligen Ruprecht in seinem schönen neuen Gewand. Die beiden Nikoläuse teilten sich die Arbeit, wobei der alte Nikolaus erzählte und der ehemalige Ruprecht den Kindern die Geschenke in die Hand drückte. Dabei war er so gerührt, durfte er doch zum ersten Mal in seinem Leben Kindern Geschenke geben und ihnen

etwas Liebes sagen. Dass dabei Tränen des Glücks aus seinen Augen kullerten, störte ihn überhaupt nicht. Im Gegenteil, er brauchte ja keine Angst mehr zu haben, dass der Ruß aus seinem Gesicht weggespült wird. Er genoss sichtlich das selige Gefühl, das man empfängt, wenn man Kindern und Menschen Freude schenkt.
Frau Müller-Schulze bekam natürlich auch ein Geschenk. Eine große Packung Pralinen und sogar ihre Lieblingssorte. Die hatte der neue Nikolaus beim Rektor der Schule in Erfahrung gebracht. Diese Detektivarbeit musste er im Rahmen seiner Ausbildung ja auch lernen.
Sie gingen an diesem Tag durch alle Klassen der Schule und waren abends erschöpft von der vielen Arbeit. Zuhause angekommen stärkten sie sich erst einmal und setzten sich aufs Sofa, um die Erlebnisse des Tages auszutauschen. Der neue Nikolaus war noch nie in seinem Leben so glücklich gewesen, wie an diesem Tag, an dem er doch so viel gearbeitet hatte.
Sie sprachen noch lange, bis tief in die Nacht hinein und beschlossen gleich nach Weihnachten auf eine Reise zu gehen. Sie wollten alle Nikoläuse und Ruprechts dieser Welt besuchen. Naja zumindest einen Teil davon und ihnen von ihren neuen Erfahrungen berichten. Dazu hatten sie ja auch fast ein ganzes Jahr Zeit.
Weit nach Mitternacht sagte der alte Nikolaus: „Lass uns schlafen gehen, morgen warten wieder viele Kinder auf uns.
„Gute Nacht,“ „Gute Nacht.“

Und ihr liebe Kinder könnt, wenn ihr einen Nikolaus seht, ihn ja mal fragen, ob er schon immer Nikolaus war, oder ob er auch schon einmal Knecht Ruprecht war und umgeschult hat.

Euer Peter

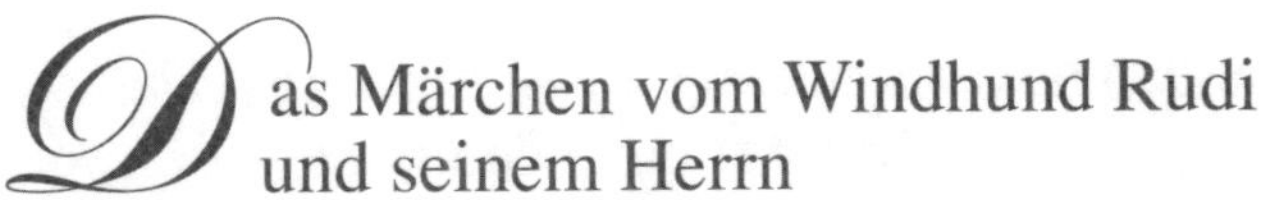

Das Märchen vom Windhund Rudi und seinem Herrn

Für Erwachsene und Kinder

Rudis Erlebnisse (Teil eins)

Es war einmal ein junger Windhund, der rannte für sein Leben gern und war sehr schnell. Deshalb hieß er auch Rudi der Renner. Als sein Herr seine Schnelligkeit bemerkte, beschloss er, mit ihm zum Windhundrennen zu gehen.
Bei einem solchen Rennen laufen alle Hunde in einem großen Kreis hinter einem Hasen her. Jeder will den Hasen als Erster fangen. Was sie nicht wissen, ist, dass sie den Hasen überhaupt nicht fangen können. Er wird ja von Geisterhand auf einem Schlitten gezogen – und die Geisterhand passt genau auf, dass der Hase immer ein klein bisschen vor den Hunden ist.

Da Rudi der Renner so schnell war, lief er von Anfang an als erster hinter dem Hasen her. Bei jedem neuen Rennen wurde er noch etwas schneller, konnte den Hasen aber immer noch nicht fangen. So rannte er viele Jahre immer wieder im

Kreis mit den anderen Hunden, dem Hasen hinter her. Dabei wurde er immer unglücklicher, wollte er den Hasen doch so gerne fangen.
Als er dann älter wurde und seine Kraft nachließ, überholten ihn immer häufiger andere Hunde und er wurde noch unglücklicher. Dieses viele Unglück machte ihn schließlich auch noch krank. Sein Herr wollte ihm so gerne helfen, aber Rudi war nur von dem Wunsch beseelt, einmal in seinem Leben den Hasen zu fangen.
So gingen sie wieder zum Rennen und es geschah, was geschehen musste. Da Rudi krank und ja auch schon etwas älter war und schneller lief, als er eigentlich noch konnte, brach er völlig erschöpft zusammen. Er sah nur noch Sterne und hörte, wie das Gebell der anderen Hunde, die den Hasen hetzten, immer leiser wurde.
Als er so dalag, erschien ihm im Traum ein Engel, der auf etwas zeigte. Rudi konnte nicht erkennen, was es war. Er sah nur, wie der Engel liebevoll lächelnd immer wieder darauf deutete. Halb bewusstlos und mit letzter Kraft schleppte er sich in die Richtung, die der Engel ihm wies. Er konnte immer noch nicht erkennen, was da war, wohl aber sah er, dass es immer klarer wurde. Immer wieder wollte Rudi aufgeben, er war ja so erschöpft und krank. Doch der Engel sagte jedes Mal zu ihm: „Komm lieber Rudi! Komm weiter, ich bin bei dir! Dir kann nichts passieren."
Da der Engel so liebevoll lächelte, schöpfte Rudi Vertrauen zu ihm und schleppte seinen schwachen Körper weiter zu der Stelle, die der Engel ihm zeigte. Dort angekommen, brach er wieder bewusstlos zusammen, ohne gesehen zu haben, was sich dort befand.
So daliegend, nahm seine Nase den Geruch seines Lieblingsfutters war. Er dachte, dass alles nur ein Traum wäre, aber

der Engel sagte zu ihm: „Ja lieber Rudi, das ist für dich, nur für dich. Probiere doch!"
Als Rudi jetzt die Augen öffnete, sah er, dass dort wirklich eine Schüssel mit seinem Lieblingsfutter stand und daneben auch noch eine Schüssel mit Wasser. Er stärkte sich ein wenig und schlief dann tief und fest.

Nach einer Weile weckte ihn der Engel und sagte: „Lieber Rudi, sieh mal, was da noch alles ist! Öffne deine Augen!"
Als Rudi schließlich der Aufforderung des Engels folgte, sah er, dass dort noch mehr Futter in der Schüssel war und auch noch eine warme Decke, auf der er sich bequemer ausruhen konnte. So stärkte er sich noch einmal, streckte sich auf der Decke aus und schlief so lange, bis er wieder gesund war.
Auf einmal erinnerte er sich an seinen Herrn und beschloss, ihn wieder zu suchen. Rudi hatte ja eine gute Nase und brauchte so nur den Weg zurückzugehen, den er gekommen war. Von weitem schon sah er, wie sein Herr sich freute und winkte. Rudi wurde immer schneller und es liefen ihm riesige Tränen aus den Augen, sodass er den Weg gar nicht

mehr sehen konnte. Da sein Herr so laut rief, brauchte er ja auch nichts mehr zu sehen. Er lief und lief, bis ihn sein Herr liebevoll in die Arme nahm. Beide weinten vor Glück, hatten sie sich doch endlich wieder gefunden. Keiner weiß, wie lange sie dort beieinander standen, aber das ist für die Geschichte ja unwichtig.

Irgendwann fragte Rudi dann seinen Herrn: „Warum hast du mich solange hinter dem Hasen herlaufen lassen? Warum hast du mir nicht gesagt, dass ich den Hasen gar nicht fangen kann, da er doch immer schneller ist als ich? Warum hast du mir nicht gesagt, dass dort auch ohne die Rennerei eine Schüssel mit Futter und Wasser steht?“
Da legte der Herr seine Hand auf Rudis Kopf und sagte voller Liebe zu ihm: „Als du noch klein warst, ranntest du immer so gerne, es war doch deine Lieblingsbeschäftigung. Wie hätte ich dir das denn verbieten können? Als du dann älter warst, konnte ich es dir nicht mehr sagen, da es dann auch die anderen Hunde gehört hätten und ihr euch alle um die eine Schüssel mit Futter gestritten hättet. Das Futter hätte aber nur für einen von euch gereicht und so wärt ihr alle verhungert.“
Als Rudi das hörte, wurde er wieder ganz traurig. Er dachte jetzt, dass alle anderen Hunde verhungert wären, da er die Schüssel mit dem Futter gefunden und ganz alleine leer gefressen hatte. Das hätte er niemals gewollt, da er die anderen Hunde doch mochte. Als er von seinem Herrn nun hörte, dass für jeden einzelnen der Hunde eine eigene Schüssel an einem anderen Platz stünde und jeder auch einen eigenen Engel hätte, der ihm helfen würde, diese Stelle zu finden, seufzte Rudi erleichtert auf. Beide gingen zufrieden nach Hause und lebten noch viele Jahre glücklich zusammen.

Der Rudi in uns

(Teil zwei)

Nur für „Erwachsene“
oder besser: „Für die größeren Kinder Gottes.“

Bei diesem zweiten Teil des Märchens befindet sich auf dem Schlitten, der von Geisterhand gezogen wird, kein Hase, sondern Geld, Macht, Reichtum, Titel und Prestige.
Auch dieser Schlitten wird von der Geisterhand immer etwas schneller gezogen, als die Menschen die hinterherlaufen, je rennen können.
Diese Wettkampfarena lässt sich wunderschön mit einer Zentrifuge vergleichen. Wer sich nicht mehr festhalten kann, fliegt raus, genauso wie Rudi der Renner. Sicher ist, dass niemand den Schlitten mit dem Hasen erreichen kann, hinter dem wir alle her rennen. Das beste Beispiel dafür ist der griechische Großreeder Onassis, der als der reichste Mann der Welt starb, aber zugleich auch als der einsamste und verbittertste. All sein Bemühen, den Hasen zu fangen, war umsonst gewesen.
Wir alle werden in diese Zentrifuge hinein geboren und als Kind dazu erzogen, mit zu rennen, so wie alle anderen auch. Werden wir erwachsen, geht es in unsere Verantwortung über, wie lange wir uns in dieser Zentrifuge festhalten wollen. Sicher ist, dass wir loslassen werden, spätestens auf dem Sterbebett. Wir dürfen es aber auch schon früher, wesentlich früher.
Leider halten wir uns meist noch bis zur vollständigen Erschöpfung fest, bevor wir, durch die Erschöpfung gezwungen, endlich loslassen. Der Engel, der uns dann auffängt und

zu dem Futternapf (Kraftquelle) außerhalb der Zentrifuge führen will, ist aber schon das ganze Leben vorher für uns da und wartet, dass wir ihn bitten, uns zu führen. Wir warten aber aus Angst und Unsicherheit, bis der Engel per Blaulicht im Notarztwagen ankommt. Nachdem wir einigermaßen genesen sind, gehen wir in eine Reha-Klinik, um das Rennen neu zu lernen. Aus der Reha entlassen, springen wir wieder hinein in die Zentrifuge des Lebens. Manchmal können wir erneut eine zeitlang Schritt halten und betonen dann den tollen Erfolg der Reha. Es ist aber sicher, dass wir wieder rausfliegen. Der Engel wird auch diesmal wieder zugegen sein und uns erneut zeigen, wo sich die Kraftquelle befindet. Dahin kriechen müssen wir aber selber, genauso wie Rudi. Je mehr Kraft wir bis dahin verbraucht haben, um uns in der Zentrifuge fest zu halten, umso weniger Kraft haben wir noch, zur Quelle zu kriechen.

Lassen wir früh genug los, können wir aufrecht und kraftvoll zur neuen Quelle gehen.

Ebenso dürfen wir auch unseren Kindern sagen und natürlich vorleben, dass wir nicht in diese Zentrifuge hineintreten müssen, sondern alles selber und frei entscheiden dürfen.

Der Engel führt uns zur Quelle, das ist sicher und wir dürfen ganz darauf vertrauen. Wie wir aber dort ankommen, das bestimmen wir selber. Ob aufrecht gehend, im Rollstuhl sitzend, oder liegend. Es liegt bei uns.

Kalle der Kosmiker

Ein spirituelles Märchen für Jugendliche und Erwachsene

Erstes Kapitel

Die meisten Märchen fangen mit „es war einmal“ an, nicht aber dieses. Kalle war zwar schon, Kalle wird aber auch erst noch sein, und Kalle ist bereits.

Kalle der Kosmiker hat natürlich seinen Hauptwohnsitz im Kosmos, deshalb heißt er ja auch so. Sein Beruf ist Berichterstatter. Er soll die Menschen auf der Erde beobachten und von ihrem Treiben erzählen. Diese Arbeit macht er schon seit Ewigkeiten, doch sie fällt ihm immer schwerer. Berichterstatter ist ja eigentlich keine schwere Arbeit, aber über die Menschen auf der Erde zu berichten, ist die schlimmste Kriegsberichterstattung, die es gibt. Kalle litt auch gar nicht

so sehr unter den offenen Kriegen, obwohl diese natürlich sehr schlimm sind, sondern unter den Grabenkriegen, die in den Wohnzimmern, den Arbeitsstätten, in den Banken und Einkaufszentren, ja einfach überall und ohne Unterlass ausgetragen werden. Denn der Kampf der Menschen um Geld, Macht, Prestige und Titel hat sie erblinden lassen.

So sitzt Kalle tagein und tagaus an seinem Platz im Kosmos und ruft den Menschen zu: „Öffnet doch endlich eure Augen, seht euch euer eigenes Tun an, sucht nicht immer bei den anderen, sucht doch endlich bei euch." Kalle ruft ihnen das nicht nur zu, vielmehr schreit er. Er schreit sich seine kosmische Kehle aus dem Hals, aber kaum ein Mensch kann ihn hören.
Die Menschen waren ja nicht nur blind, sondern auch taub geworden. Das einzige, worauf die Menschen reagieren, ist das Spüren. So werden ihnen Krankheiten geschickt, damit sie endlich anfangen zu überlegen, welchen Sinn ihr Leben hat und es schätzen lernen. Krankheiten aber bringen auch immer Leid und Schmerz mit sich und da Kalle dies alles mit ansehen muss, leidet auch er immer mit.
In seiner Verzweiflung, daran nichts ändern zu können, kommt Kalle dann die Idee. Er fasst den Entschluss, selber auf die Erde zu gehen, um den Menschen dort besser helfen zu können, ihren eigenen Lebensweg zu finden.
Als der kosmische Herrscher von Kalles Einfall hört, schickt er ihn auf die Kosmikerschule. In dieser Schule wird man darauf vorbereitet, auf die Erde zu gehen, mit allem Drum und Dran. Hier lernt er, dass die kosmischen Raumschiffe Kalle, so wie er jetzt ist, gar nicht transportieren können, da er viel zu groß ist. Ihm wird erklärt, dass er daher um ein Vielfaches zusammengedrückt (komprimiert) werden muss,

weil er ja nachher auf der Erde in einem Baby landet und wir alle wissen ja, wie klein ein Baby ist.
Ebenso wurde ihm erklärt, dass nur die eine Hälfte von ihm zur Erde kann. Die andere muss im Kosmos bleiben, denn nur, wenn ein Teil von ihm im Kosmos bleibt, kann er überhaupt Wissen mit auf die Erde bringen. Das schwierigste an der ganzen Reise sei es aber, die Zeit zu überstehen, in der er als Baby und Kind auf der Erde ist und anschließend den Kontakt zu seiner zweiten Hälfte wieder zu finden. Sollte ihm dies nicht gelingen, würde er genauso blind und taub werden, wie all die anderen Menschen.

Da sagte Kalle zu seinem Lehrer: „Warum soll das denn so schwer sein, ich rufe einfach meine andere Hälfte und dann kann sie mir ja alles, was ich wissen muss, sagen.“ Sein Lehrer antwortete: „Genau das ist es, womit du sehr vorsichtig sein musst. Wenn du ganz klein bist, brauchst du Hilfe von den Erwachsenen, um zu überleben. Wenn du dann deine andere Hälfte im Kosmos rufst, können die Erwachsenen das nicht verstehen und verbieten es dir und dadurch bekommst du immer mehr Angst zu rufen. Du wirst also den Kontakt fast ganz verlieren und alle deine Erinnerungen hierher werden verloren gehen.
Deine kosmische Hälfte wird dich immer wieder rufen, aber du kannst sie nur hören, wenn du tief in dich gehst und dich von nichts und niemandem ablenken lässt. Erst wenn alles in dir still und der Lärm des Alltags verstummt ist, kannst du verstehen, was sie dir sagt. Vielleicht fällt es dir auch so schwer, dass du es von alleine gar nicht schaffst. Die Sehnsucht nach deiner anderen Hälfte wird aber immer größer und es kann sein, dass du krank wirst. Die Krankheit will dir helfen, in die ganz tiefe Stille zu gelangen. Wehre dich dann

nicht gegen die Krankheit, sondern nimm sie als Kontaktmöglichkeit wahr.
Und ganz wichtig für dich ist auch zu wissen, dass du hier oben ganz viele Helfer hast, die dich alle sehr lieben und dir zur Seite stehen. Sie sind auch sehr stolz auf dich, denn sie wissen ja genau, wie schwer deine Reise ist. Als Letztes, bevor du auf Reise gehst, möchte ich dir noch sagen: Fürchte dich nicht vor Fehlern, die du machst. Es ist völlig unmöglich, diese Reise ohne Fehler zu bewältigen. Wenn du einen Fehler gemacht hast, verzweifle nicht daran, sondern nimm ihn an, umarme ihn liebevoll, und danke dem Fehler, dass du durch ihn lernen und wachsen durftest. Der Fehler ist dann behoben und du weißt, dass du das so nicht mehr machen darfst und kannst ganz unbekümmert weitergehen."

Nach dieser letzten Erklärung stellte der Lehrer die alles entscheidende Frage: „Kalle bist du bereit, willst du ohne Wenn und Aber zur Erde reisen, zu deinen geliebten Menschen?" Worauf dieser aus der Tiefe seines Herzens antwortet: „Ja, ich will".
Jetzt gibt es kein Zurück mehr für Kalle.
So geht er selbstsicher, wenn auch etwas aufgeregt in die kosmische Teilungs- und Komprimationsabteilung, wo alles Weitere mit ihm gemacht wird. Er braucht jetzt nichts mehr zu tun, bis er auf der Erde angekommen ist. In dieser Abteilung muss er nur noch warten und darauf vertrauen, die richtige Entscheidung getroffen zu haben. Alles andere erledigen die anderen.
So wird sein Geist ganz behutsam in zweie Teile aufgeteilt, wobei sehr genau darauf geachtet wird, dass die Aufteilung ausgewogen ist. Es darf ja nicht zu viel oben bleiben und auch nicht zu viel nach unten zur Erde. Die Aufteilung des

Geistes ist natürlich völlig schmerzfrei, ungefähr so, als wenn wir zwei Gedanken haben. Die tun ja auch nicht weh.

Als das geschehen ist, verabschieden sich die beiden Teile. Sie umarmen sich lange, Tränen rinnen aus ihren kosmischen Augen und sie versprechen sich, immer füreinander da zu sein, bis sie sich wieder vereinigen.
Jetzt darf die Erdhälfte von Kalle sich die irdischen Eltern aussuchen und er sucht sich Eltern aus, die seine Hilfe am nötigsten haben. Als die irdische Mutter dann schwanger wird, bringt man Kalle in die Komprimationsmaschine. In dieser Maschine bleibt er die nächsten neun Monate, bis er soweit komprimiert ist, dass er in dem Baby Platz hat. In diesen neun Monaten fühlte er immer mehr, was auf der Erde los ist. Er spürt die Lieblosigkeit der Menschen, die steinernen Herzen, den Egoismus, das sinnlose Hetzen, eben die Blindheit, die er vorher nur beobachtet hatte.

Kurz vor der Geburt bekommt Kalle jedoch Angst. Er windet sich im Mutterleib und wickelt dabei die Nabelschnur um seinen Hals. Er will kneifen, zurück in den Kosmos. Die Entscheidung, die er im Kosmos getroffen hat, gilt aber ohne Wenn und Aber und so kommt ein Engel – als Hebamme –, der im letzten Moment die Nabelschnur löst.

Zweites Kapitel

Kalle auf der Erde.

Vor lauter Kälte und Hektik schreit er in Panik um Hilfe, aber die Menschen merken gar nicht, dass Kalle aus panischer

Angst schreit, sondern freuen sich auch noch darüber. So geschockt schläft Kalle völlig erschöpft und gerädert ein und kann sich wieder etwas von dieser Tortur erholen.
Das beruhigt ihn ein bisschen und so lernt er, dass er sich beim Schlafen von den Strapazen auf der Erde erholen kann. Er schläft jetzt die meiste Zeit, bis er merkt, dass er schlafend seinen Auftrag nicht erfüllen kann. Er muss wach werden, um den Kontakt zu den Menschen suchen zu können. So beginnt er, die Worte zu verstehen, die sie sagen und versucht selber zu sprechen. Das ist aber sehr schwer und so hört es sich ganz anders an, als die Geräusche der Erwachsenen.
Das belustigt die Erwachsenen und sie lachen über Kalle. Sie bemerken gar nicht, wie sehr sich Kalle bemüht, zu lernen und wie sehr es ihn anstrengt. Deshalb muss er ja auch immer noch so viel schlafen.

Je größer und älter er wird, umso leichter fällt ihm das Lernen und er merkt immer mehr, dass die Erwachsenen ihn doch lieben, es eben nur nicht so zeigen können, wie er es aus dem Kosmos gewohnt war. Das macht ihn glücklich und er lernt jetzt schneller und leichter, ein Mensch zu werden.
So wird er immer größer und manchmal erzählt er dann auch etwas von seiner Welt, aus der er gekommen ist. Die Erwachsenen aber wollen das nicht hören, weil sie sich das nicht vorstellen können und denken, dass Kalle einfach nur schwindelt. Also sagen sie zu ihm: „Wir möchten nicht, dass du ständig so etwas erzählst.“ Und Kalle beginnt zu schweigen. Mehr und mehr sagt er nur noch das, was die Erwachsenen hören wollen und bereit sind zu verstehen.
Zuerst bemerkt er gar nicht, dass er dadurch immer unglücklicher wird und der Kontakt zu seiner kosmischen Hälfte schwächer und schwächer.

In der Schule wird er dann auf das „Leben in der Gesellschaft", wie die Erwachsenen es nennen, vorbereitet. Tief in seinem Inneren aber rumort es und es fällt ihm immer schwerer, den Wünschen und Vorstellungen der Erwachsenen gerecht zu werden. Aber alle Menschen, denen er begegnet, erklären ihm, dass er sich anstrengen müsse, sonst würde er später keine gute Anstellung bekommen und nicht genug Geld verdienen.

Das macht ihn sehr unglücklich, denn er wünscht sich nichts mehr als ein glückliches und zufriedenes Leben führen zu können. Also macht er, was man von ihm erwartet, obwohl ihm nie wirklich wohl bei dem Gedanken ist.

All seine Versuche, es den Erwachsenen zu erklären, schlagen fehl. Die Erwachsenen sind so von dem Gedanken „Geld macht glücklich" beseelt, dass sie keine andere Meinung gelten lassen und Kalle muss mitziehen.
Die Zeit vergeht und Kalle, in der Zwischenzeit längst erwachsen geworden, hat jeglichen Kontakt zu seiner kosmischen Hälfte verloren. Sein halbes Leben ist schon vorüber, als aus heiterem Himmel eine Krankheit kommt und sein Leben völlig verändert. Seine Knochen sind aufgebraucht und er kann jetzt nicht mehr blind mit den anderen rennen.

Arbeiten kann er so auch nicht mehr und es bleibt ihm endlich Zeit, nachzudenken. Als ein Arzt ihm die eigentlich niederschmetternde Diagnose überbringt, atmet er ganz leise und doch erleichtert auf.
Er wird zwar aus seinem Alltag gerissen, aber dadurch ist etwas in sein Leben zurückgekehrt, dessen er sich lange nicht mehr bewusst war; das Wissen über seine andere Hälfte. Er hat sie immer noch nicht gefunden, er hat ja auch noch gar nicht richtig danach gesucht. Genau genommen weiß er ja nicht einmal, wonach er überhaupt suchen sollte.

So reist er durch die Gegend, sucht und sucht, findet aber nichts, bis er schon fast verzweifelt vor einem Kloster steht. An der Pforte fragt er einen Mönch, ob er ein paar Tage bleiben könne, da er sich verlaufen habe. Der Mönch gibt ihm zur Antwort: „Warten Sie hier, ich will sehen, was sich machen lässt“.

Drittes Kapitel

Kalle im Kloster

Schon in diesem Moment spürt Kalle ganz deutlich, dass er auf seiner unbekannten Suche ein riesiges Stück weiter gekommen ist. Er darf einige Tage in dem Kloster bleiben und da geschieht es! Er bekommt wieder Kontakt mit seiner kosmischen Hälfte. Seine Seele hüpft vor Freude in seiner Brust und Kalle kann nächtelang nicht schlafen, haben sie sich doch so viel zu erzählen. Kalle ist aber auch nicht müde, sondern einfach nur glücklich. Als dann die letzte Nacht in dem Kloster anbricht, wird Kalle wieder sehr traurig und ängstlich. Hat er doch endlich seine andere Hälfte wieder gefunden, muss aber den Ort, an dem das geschehen ist, wieder verlassen. Er weiß ja noch nicht, wie er sie in sein normales Leben außerhalb des Klosters mitnehmen kann und dennoch muss er gehen. Auf dem Weg nach Hause macht Kalle immer wieder Pause, um zu fühlen, ob seine andere Hälfte noch da ist. Sie ist noch da. Zuhause angekommen und mit dem Alltag konfrontiert, verliert er sie jedoch wieder. Kalle ist unendlich traurig und dachte lange, er habe etwas falsch gemacht. So geht er dann in Abständen in das Kloster zurück, um den Kontakt wieder herzustellen. Es gelingt ihm aber auch schon immer häufiger, den Kontakt zuhause aufrecht zu erhalten, bis sich dann eines Tages seine andere Hälfte wieder ganz zurückzieht.

„Was ist nur geschehen, dass mir das jetzt passiert, ganz unerwartet, ohne Vorwarnung?“ fragt sich Kalle, der Verzweiflung nahe. Ein Engel hilft ihm dann, wieder in sein geliebtes Kloster zu finden, wo er nun auch einige Monate bleiben darf. Während er dort lebt und arbeitet, weicht die Verzweiflung immer mehr und seine andere Hälfte wird schließlich wieder spürbar. Nun beschäftigt ihn aber immer noch die Frage, warum seine geliebte andere Hälfte sich zurückgezogen hat. „Welchen Fehler habe ich bloß gemacht? Was sollte ich daraus lernen?“, fragt er sich.
Kalle weiß bereits, dass, wenn seine andere Hälfte weg ist, er etwas zu lernen hat. „Aber was habe ich jetzt schon wieder zu lernen?“ All diese Fragen gehen ihm durch den Kopf, wenn er alleine bei der Arbeit ist. Bis eines Tages oder nachts, das weiß Kalle nicht mehr so genau, er endlich verstehen kann, was ihm seine andere Hälfte schon die ganze Zeit zuruft.

„Lieber Kalle, dein Auftrag! Kalle, erinnere dich! Warum wolltest du denn auf die Erde gehen! Kalle, ich bin da, aber denke daran, warum du zur Erde gegangen bist, sonst muss ich dich wieder ein bisschen alleine lassen und das tut uns doch beiden so unendlich weh." Nach dieser Erkenntnis weint Kalle viele Stunden lang, denn er hatte tatsächlich seinen Auftrag, den er sich selber gewünscht hatte, vergessen.

Das war das, was sein Lehrer in der Kosmikerschule gemeint hatte, als er ihm sagte: „Es kann sein, dass du allen Kontakt verlierst, verzweifle nicht daran, wir helfen dir." Jetzt weiß Kalle wieder, was er den Menschen sagen wollte und natürlich auch sollte, sonst hätte ihn der kosmische Herrscher ja nicht auf diese Mission gehen lassen.
All das, was er schon als kleines Kind gesagt hatte, was aber keiner hören wollte, war es, was er den Menschen zu sagen hat. „Wie soll ich das machen", schrie er zum Himmel, „wie, wie? Dann werde ich ja wieder bestraft, wie damals, als ich noch klein war und ohne die Hilfe der Erwachsenen nicht leben konnte, nicht überlebt hätte." Da meldet sich seine geliebte andere Hälfte zu Wort und sagt: „Es kommt darauf an, was du erzählst. Damals hast du vom Kosmos und dem Leben in jener Welt erzählt, weil du wolltest, dass sich die Menschen hier ein Beispiel daran nehmen und aufhören, blind und taub zu sein. Du wolltest ihnen dabei helfen, das Mitgefühl für ihre Mitmenschen wieder zu entdecken! Das ist das, was zählt. Hilf den Menschen dabei, ihre Gefühle und ihre Menschlichkeit wieder zu finden, ohne dabei den Kosmos als Leitbild zu nehmen. Dann werden sie vielleicht selbst irgendwann zu einem Beispiel für ein erfülltes Leben, an dem sich wiederum andere Menschen orientieren können."

Jetzt weiß Kalle wieder, was er zu tun hat. Endlich hat er eine richtige Aufgabe gefunden und seine wahre Berufung. Nicht irgendeinen Beruf, dem man nachgeht, nur um Geld zu verdienen, so wie es die meisten Menschen tun, ohne überhaupt einmal über die Bedeutung des Wortes Beruf nachgedacht zu haben. Aber er macht ihnen deswegen keinen Vorwurf, er selber war ja nicht anders gewesen und es hat ein halbes Leben lang gedauert, ehe er seine Bestimmung gefunden hat.
Das stimmt ihn versöhnlich mit seinen geliebten Mitmenschen und siehe da, seine Mitmenschen sind auf einmal auch ganz versöhnlich mit ihm. Ein paar Ausnahmen gibt es natürlich, die wollen partout keinen Frieden, aber denen kann er ja aus dem Weg gehen.
Jeden Tag fällt es ihm etwas leichter, diese Dickköpfe zu erkennen und schnell auf Distanz zu gehen. Er kann ihnen natürlich nicht immer aus dem Weg gehen, sonst müsste er sich ja einschließen, also lernt er jetzt auch, sich vor ihnen zu schützen, ohne sich zurückziehen zu müssen.
Manchmal ist Kalle aber auch so voller Tatendrang, dass er einfach zu schnell zu viel erreichen will. Dann können ihm seine Mitmenschen nicht mehr folgen, ihn nicht mehr verstehen und ziehen sich deshalb von ihm zurück. Kalle fühlt sich erneut leer und einsam, ist jedoch nicht mehr allein, hat er doch seine andere Hälfte und die ruft ihm zu: „Kalle nicht so schnell, denke auch an die anderen. Die können dir so schnell ja gar nicht folgen, selbst wenn sie es noch so sehr wollen. Du kannst das aber auch nicht aushalten, sonst brichst du zusammen, und wem kannst du dann noch helfen?"
Die Kommunikation mit seiner kosmischen Hälfte wird jetzt immer leichter, aber auch die mit seinen geliebten Mitmen-

schen. Jetzt begreift Kalle, je mehr er seinen eigenen Dickkopf zurücknimmt, umso enger wird der Kontakt mit seiner kosmischen Hälfte und vor allem auch mit seinen Mitmenschen.

Eines Tages, Kalle hat sich wieder einmal in ein Kloster zurückgezogen und unterhält sich mit seiner kosmischen Hälfte.

Hier muss ich jetzt erst einmal erklären, wie das denn überhaupt geht. Natürlich braucht Kalle auf der Erde keine Worte zu sprechen, sondern nur zu denken. Er darf sie natürlich auch aussprechen, das ist manchmal leichter, vor allem auch am Anfang sehr hilfreich. Wichtig ist allerdings, dass er klare gedankliche Fragen hat und nicht anfängt zu grübeln. Wenn Gedanken zusammenfallen und durcheinander gedacht werden, kann die kosmische Hälfte nicht antworten, es bleibt alles stumm.

Wie antwortet sie aber? Am liebsten legt Kalle sich dazu auf sein Bett und entspannt sich ganz tief, damit er sie leichter spüren kann. Wenn er sie jetzt ruft, beginnt seine Seele in der Brust vor Freude zu hüpfen und es wird ihm ganz warm ums Herz und beide genießen dieses Gefühl. Wenn Kalle jetzt eine Frage stellt, muss er sie so stellen, dass seine Seele nur mit „ja“ oder „nein“ antworten kann. Wichtig ist, dass er

seine Fragen klar und unmissverständlich stellt, um auch richtige Antworten zu bekommen.
Wenn seine kosmische Hälfte „ja“ sagt zu einer Frage, dann hüpft Kalles Seele in seiner Brust vor Freude. Wenn die kosmische Hälfte „nein“ sagt, regt sie sich nicht.
So einfach wie sich das jetzt anhört, geht das allerdings nicht immer. Denn auch im Kosmos sind Lümmel unterwegs, genauso wie auf der Erde. Die machen sich manchmal einen Schabernack daraus, Kalle etwas Falsches zu antworten. Wenn Kalle darauf reingefallen ist, lachen sie sich ins kosmische Fäustchen und lassen Kalle dann damit allein.
Deshalb ist es ganz wichtig, mit einfachen Fragen zu beginnen, bei denen eine falsche Antwort nicht so schlimme Folgen hat. Seid ruhig mutig beim Probieren, denn auch bei einer falschen Antwort, der ihr dann Folge geleistet habt, geht die andere Hälfte nicht weg, sondern sie haut euch dann auch wieder da raus. Natürlich müsst ihr sie darum bitten.
Damit ihr keine Fehler mit zu schlimmen Folgen macht, gibt es die zehn Gebote, wie sie auch schon in der Bibel stehen. Die müssen immer eingehalten werden, und für einen gemachten Fehler braucht ihr euch nur mit ehrlichem Herzen zu entschuldigen, dann ist er aufgelöst. Entschuldigt ihr euch aber mit unehrlichem Herzen, oder sogar mit einem anderen Hintergedanken, so schneidet ihr euch immer mehr von euch selber ab und werdet immer einsamer und unzufriedener, oder eben krank.
So einfach könnt ihr durch Fehler lernen, oder aber euch auch immer tiefer in Lügen verstricken. Solltet ihr euch jedoch schon verstrickt haben, so verzweifelt nicht, sondern zieht euch in die Stille zurück und ruft eure kosmische Hälfte. Wenn ihr sie mit reinstem Herzen ruft, wird sie wieder antworten und wenn ihr sie dann bittet, euren kosmischen

Herrscher um Verzeihung zu bitten, wird sie das sicher tun. Der kosmische Herrscher wartet schon darauf und wenn ihr mit reinstem Herzen gebeten habt, wird er euch auch verzeihen. Das ist so sicher wie das Amen in der Kirche.

Kalle ist also wieder in einem Kloster, liegt entspannt auf dem Bett und genießt das freudige Hüpfen seiner Seele und sagt, ganz erleichtert: „Ich muss ja noch so viel lernen, genauso viel wie alle anderen Menschen auch. Ich dachte, ich sollte den anderen Menschen sagen, was sie tun sollen. Erst jetzt begreife ich, dass unser ganzes Leben auf der Erde nur zum Lernen dient und jeder von jedem lernen soll. Die Kleinen von den Großen und die Großen von den Kleinen. Die Kinder von den Eltern und die Eltern von den Kindern. Die Schüler von den Lehrern und die Lehrer von den Schülern. Der Patient von dem Arzt und der Arzt vom Patienten, usw., usw."
Dann sind ja alle Menschen Kosmiker, dachte Kalle sich und alle Menschen sowohl zum Helfen als auch zum Lernen auf der Erde. Mit diesem Gedanken schläft Kalle ein und ist unendlich glücklich über das neu Gelernte.

Viertes Kapitel

Kalles Erkenntnis

Im Schlaf ist er wieder ganz fest mit seiner anderen Hälfte verbunden und da geschieht im Traum etwas Wunderbares. Nein, es war nicht nur wunderbar, es war unbeschreiblich. Kalle trifft den kosmischen Herrscher. Dieser ist wunderschön und strahlt im reinsten Licht, das man sich überhaupt

vorstellen kann. Kalle stockt der Atem, ihm wird ganz schwindelig.
Voller Demut fällt er vor ihm auf die Knie und fühlt, wie die unendliche Liebe des Herrschers ihn durchströmt. Er traut sich nicht aufzusehen, war der Herrscher doch so schön und strahlend, als dieser plötzlich zu ihm sagt: „Kalle, steh auf, und sieh mich an." Kalle zittert vor Erfurcht, wenn er ein Gebiss hätte, wäre es ihm sicher aus dem Mund gefallen. Er konnte nicht aufstehen, denn er zitterte zu sehr. Das wiederum bemerkte der Herrscher und sagt: „Ich sehe du kannst nicht aufstehen, da deine Angst und Unsicherheit zu groß ist, bitte sieh mich aber wenigstens an. Ich will doch den Kontakt zu dir, merkst du denn gar nicht, wie sehr ich dich liebe, wie sehr wir alle dich lieben. Kalle jedoch ist noch immer zu keiner Regung fähig und da geschieht es. Da er nicht aufstehen kann, ist es der kosmische Herrscher, der sich zu ihm herunter beugt, bis beide auf der gleichen Höhe sind. Nur sehr zurückhaltend öffnet Kalle seine Augen einen Spalt weit und sieht direkt in die unendliche Liebe seines Herrn.
Dann sieht er nichts mehr, denn Tränen füllen sogleich seine Augen. Sein Herr streicht ihm dabei verständnisvoll über sein Haar, reicht ihm die Hand und sagt: „So, und nun lass uns gemeinsam aufstehen. Du hast nichts falsch gemacht, du hast doch nur gelernt. Erinnere dich, du kannst doch nur durch Fehler lernen und du hast mir doch alle Fehler, die du gemacht hast mit reinstem Herzen gestanden." Mit der Hilfe des kosmischen Herrschers richtet sich Kalle, mit anfangs noch etwas wackeligen Beinen, auf und hebt zögerlich den Kopf. Die Tränen fließen noch immer ohne Unterlass, aber er sieht jetzt immer deutlicher, dass sein Herr die reine Liebe ist. Langsam beginnt er zu verstehen, dass die Liebe vor allem von innen heraus entsteht.

Dadurch gewinnt Kalle wieder an Selbstvertrauen und fragt: „Darf ich mich noch ein bisschen hier bei dir ausruhen, ich bin noch so müde.“ Sein Herr nickt und er fällt sofort in einen friedlichen Schlaf. Wie lange er so da lag weiß keiner, das ist ja für die Geschichte auch nicht so wichtig.

Irgendwann wird Kalle in seinem Traum wach, in Wirklichkeit schläft er natürlich noch, sonst könnte er ja nicht träumen, weil ihn jemand mit einer Feder unter den Füßen kitzelt. Wer macht denn so einen Blödsinn, denkt er und öffnet mürrisch die Augen, macht sie jedoch erschrocken schnell wieder zu. Es ist der kosmische Herrscher, der ihn auf diese spielerische Weise weckt. „Herr, warum machst du das? Warum weckst du mich?“, wollte Kalle wissen und bekam zur Antwort: „Überleg doch einmal!“
Warum habe ich dich auf die Erde gehen lassen, warum sind alle Menschen Kosmiker wie du, warum hast du deine andere Hälfte wieder finden können, warum hast du mich jetzt wieder gefunden?“ Kalle kann nicht mehr sprechen, er fängt an zu begreifen, dass alle Kosmiker zur Erde gehen sollen und von da aus ihren Herrscher suchen sollen. Wenn sie ihn auch nicht sehen können, dann aber auf jeden Fall spüren, und wie.
„Herr, jetzt habe ich begriffen, warum ich auf der Erde bin und habe dich auch gefunden, kann ich jetzt endlich wieder nach Hause zu dir, Vater?“, bittet Kalle. „Noch nicht“, antwortet sein Herr geduldig, „du musst jetzt, genauso wie alle anderen, die mich gefunden haben, den anderen Menschen dabei helfen mich zu finden.“ „Wie lange muss ich denn noch hier bleiben, bis ich endlich nach Hause kann?“, beharrt er. „Kalle, bei uns hier oben gibt es keine Zeit. Die gibt es nur bei euch unten auf der Erde, damit ihr eure eigene Veränderung erkennen könnt. Du verpasst hier oben bei uns also

überhaupt nichts und da unten auf der Erde wirst du dringend gebraucht, das weißt du ja. Jetzt fange einfach an, deine Arbeit zu tun, und vergiss nicht, dass du ganz viele Helfer hier oben hast. Tue deine Arbeit mit Freude, egal was dir an Negativem begegnet und beachte immer die zehn Gebote dabei. Ach ja, das hätte ich fast vergessen, komme mehrmals täglich zu mir, und tanke deine Kraft auf, sonst kommen deine Mitmenschen nicht mehr mit dir klar."
Durch das Läuten von Glocken wird Kalle aus seinem Schlaf gerissen und steht auf. Er reckt und streckt sich, sieht sich erst einmal um, realisierte, dass er wieder in dem Kloster ist

und geht in den Tag. Der vorangegangene Traum ist in seinem Bewusstsein geblieben und er weiß jetzt ganz genau, was er zu tun hat und er tut es nun mit Freude und Liebe. Da Kalle ja schon war und erst noch sein wird, aber auch schon ist, ist das Märchen hier zu Ende. Jeder der will, kann es jedoch für sich weiter schreiben.

Ich wünsche Ihnen dabei viel Freude.

Ihr Peter Classen

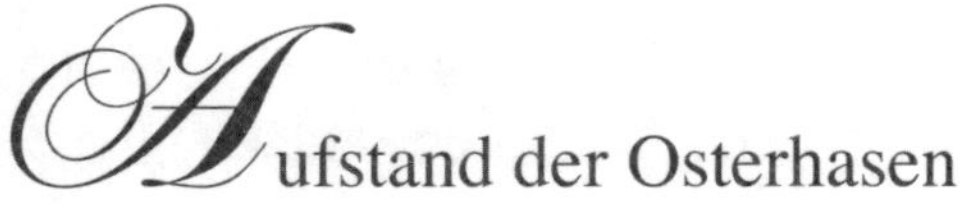

Aufstand der Osterhasen

Ein zeitkritisches Märchen für Jugendliche und Erwachsene

Erstes Kapitel

Den größten Teil des Jahres konnten die Osterhasen unbehelligt in ihrem Reich leben. Aber kurz nach Weihnachten begann, jedes Jahr aufs Neue, eine schwere Zeit für sie.

Früher hatte man sie gebeten, ein paar Tage vor Ostern die Ostereier für die Kinder zu verstecken, um denen so eine Freude zum Osterfest zu machen. Das machten sie damals von Herzen gern und natürlich auch freiwillig.

Eines Tages jedoch war alles anders. Dubiose Arbeitsvermittlungsagenturen zogen in den ersten Januarwochen aus, um die Osterhasen zur Arbeit zu zwingen. Einige Jahre hatte man sie mit einem Euro pro Stunde gelockt, doch darauf fielen sie nicht mehr rein. Die „Agenten“, wie sie sich gern selber bezeichneten, hatten sich deshalb etwas Neues einfallen lassen.

Sie drohten den Osterhasen mit dem Entzug ihrer Existenzberechtigung, wenn sie nicht aus ihren Behausungen herauskommen und zur Arbeit gehen. Das ist wohl das Schlimmste, was man einem Osterhasen überhaupt antun kann.
Die Agenten brauchten die Osterhasen nämlich viel dringender als sie es vorgaben. In den Fabriken wurden die ganzen

Osterartikel von Maschinen in Massenproduktion hergestellt und sollten in den Handel, um den Aktionären satte Gewinne zu bescheren. Was die Maschinen so automatisiert herstellten, hatte aber weder Seele noch Sinn. Seelen- und sinnlose Dinge lassen sich jedoch nicht verkaufen und das wiederum war den Aktionären und Agenten, die ich im Weiteren nur noch A-As nennen werde, sehr wohl bekannt. Natürlich würden sie so etwas niemals zugeben.
Die Osterhasen wurden Jahr für Jahr zur Arbeit gezwungen und mussten durch die vielen Geschäfte und Fabriken ziehen und jedem einzelnen Osterei und Schokoladen-Osterhasen einen Sinnstempel aufdrücken. Das fiel ihnen immer schwerer.

Kurz nach Weihnachten rief der Stammesälteste alle Osterhasen seiner Gemeinschaft zusammen, um zu beraten, was zu tun ist.

Sie alle wussten, dass das so nicht mehr weitergehen kann. Ein Osterhase nach dem anderen wurde krank, konnten sie doch die Arbeit gegen ihren Willen nicht mehr ausführen. Aber was sollten sie denn bloß tun. Die A-As hatten sich ganz geschickt fast alles an Geld und Gut unter den Nagel gerissen und damit eine riesige Machtposition erlangt und diese verteidigten sie mit allen Mitteln.
Ihre Masche war einfach. Sie flössten den Osterhasen Angst ein. Angst vor Krankheit und Armut, sie gingen sogar soweit, dass sie eine Osterhasenkinderarmut initiierten.
Dann sagten sie: „Wenn ihr nicht sofort rauskommt und für uns arbeitet, wird alles noch schlimmer. Denkt doch mal an eure Kinder, was soll denn aus denen werden, wenn ihr uns nicht dient."

Das Schlimmste war allerdings, dass die A-As bei all ihrem bösen Treiben selber immer unzufriedener und gereizter wurden. Sie hetzten unentwegt dem Geld und der Macht hinterher, so dass sie permanent außer Atem und gestresst waren. Wenn dann ein besitzloser, in sich ruhender Osterhase, gemütlich und sinnig des Weges hoppelte, konnten sie es nicht ertragen, dass dieser ohne etwas zu besitzen, glücklich und zufrieden war. Diese Gruppe von Osterhasen war ihnen ein besonderer Dorn im Auge. Sie wollten unbedingt verhindern, dass sich herumspricht, dass man auch mit wenigen Dingen ein erfülltes und glückliches Leben führen kann.
Wer sollte dann denn die ganzen sinnlosen Dinge kaufen, die ihnen die satten Gewinne bescherten. Natürlich waren nicht alle in sich ruhenden Osterhasen besitzlos, nur, wenn denen jemand drohte, wir nehmen euch alles weg, wenn ihr nicht macht, was wir wollen, lächelten sie freundlich und hoppelten ihres Weges.

Auch bei den Aktionären gab es einige, die erkannt hatten worauf es im Leben ankam. Bei denen wurde natürlich kein Osterhase zur Arbeit gezwungen, im Gegenteil; sie lebten und arbeiteten in Frieden und mit Freude nebeneinander.

So war es bei dieser Beratung sehr schwierig, die Osterhasen alle unter einen Hut zu bringen. Viele von ihnen hatten sich den A-As aus Angst vor materiellem Notstand unterjocht. Es war sehr schwer, ihnen zu erklären, dass die seelische und geistige Freiheit viel wichtiger war als alles Materielle.

Sie diskutierten, brachten Argumente für und wider, und die Stunden vergingen wie im Flug. Bei dieser ersten Sitzung war jedoch keine Lösung zu finden und so vertagte der Stammesälteste sie auf die kommende Woche.
In der Zwischenzeit beriet er sich täglich mit den Weisen seines Stammes. Es musste verhindert werden, dass die Osterhasengemeinschaft auseinander bricht.
Und so beschlossen die Weisen, ihre Gemeinschaftsmitglieder nicht mit Worten und Diskussionen zu überzeugen der Unterjochung zu entfliehen, sondern ihnen einfach vorzuleben, wie das geht.

Bei der zweiten Sitzung, eine Woche später, sagte der Stammesälteste: Liebe Osterhasen! Wir sitzen heute erneut zusammen, um zu beraten, wie es weitergeht. In der letzten Woche habe ich viele Gespräche geführt und mich mit den Weisen beraten. Dabei durfte ich erkennen, dass es besser ist, euch einfach vorzuleben, wie man sich der Unterjochung entzieht, als euch überzeugen oder überreden zu wollen.
So möchte ich jeden einzelnen von euch bitten, es einmal auszuprobieren. Macht dieses jedoch zu einem Zeitpunkt, an

dem es euch gut geht und vor allen Dingen, den ihr selber bestimmt, ohne dass ein anderer etwas davon weiß.
Dann wisst ihr, wie sich das anfühlt und könnt selber entscheiden, was ihr macht.

Ein erleichtertes Aufatmen war im ganzen Sitzungssaal zu hören. Sie umarmten sich, freuten sich ihres Lebens und begannen sogar zu tanzen. Wenn ein Tisch oder Stuhl im Weg stand, wurde er kurzerhand an den Rand gestellt. In Windeseile verwandelte sich so der Sitzungssaal in einen Tanzsaal und es wurde eine lange Nacht.

Zweites Kapitel

Der etwas andere Aufstand beginnt.

Obwohl die Nacht sehr lang war, begann in der Osterhasensiedlung der Tag schon sehr früh. Die ersten hoppelten schon um sieben Uhr in ihrer Siedlung umher und schauten, was an diesem Tag alles zu erledigen war.
Dabei geschah etwas ganz Merkwürdiges. Wenn sie sich begegneten, sprachen sie nicht, sondern lächelten sich still an und gingen weiter ihrer Beschäftigung nach. Es schien, als würden sie sich mit ihrem Lächeln und ihren Augen unterhalten.
Jedes Mal, wenn ein weiterer Osterhase aus seiner Unterkunft vor die Tür trat und sich den Schlaf aus den Augen rieb, stutzte dieser und musste ein zweites Mal hinsehen. Was ist denn mit denen los, dachte er, konnte aber nichts sagen. Die stille Besonnenheit der anderen war so ansteckend, dass auch dieser lautlos lächelnd seine Arbeit begann.

Als um acht Uhr gemeinsam das Frühstück eingenommen wurde, war der große Tisch so liebevoll wie selten zuvor gedeckt. Alle saßen beisammen, aßen, tranken und waren in Gedanken versunken. In diese wunderschöne Stille sagte plötzlich einer der Osterhasen: „Ja, so geht das, so können wir den Aufstand machen."

Es war Joschua. Alle schauten neugierig zu ihm hin und wunderten sich, dass gerade er es war, der das sagte. Er hatte doch sonst immer die größte Angst, sich den A-As zu widersetzen und nun kommt diese Aussage von ihm.
Die vielen fragenden Blicke beantwortete er mit einem stillen Lächeln und aß weiter.

Nach dem Frühstück gingen alle ihrer gewohnten Beschäftigung nach und genossen ihr Leben. Sie arbeiteten, erzählten und lachten, als plötzlich lauter Krach in der Ferne zu hören war. Sie arbeiteten einfach weiter, als wäre nichts geschehen, obwohl jeder wusste, was da kam.

Als die Agenten mit drohenden Gebärden durch die Siedlung liefen, Netze über sich schwenkten und Warnböller zündeten, wandten ihnen die Osterhasen lediglich ein liebevolles Lächeln zu. Das wiederum verunsicherte die Agenten noch mehr, so dass sie ihre Böller und Drohgebärden noch verschärften. Es half aber nichts, das Lächeln der Osterhasen war stärker.

Völlig frustriert schlichen sie nach Hause und berichteten ihren Chefs, den Aktionären, was geschehen war. Diese hatten sogleich eine Erklärung parat. Ihr seid unfähig und zu dumm. Ihr könnt nicht einmal ein paar blöden Osterhasen die Ohren lang ziehen, obwohl diese doch so lang sind. Ihr seid Loser, wir sollten euch auf der Stelle rausschmeißen und fähige Agenten einstellen.
Die Agenten wiederum bekamen Angst, ihre Existenzberechtigung zu verlieren, fielen vor ihren Chefs auf die Knie und winselten: „Gebt uns noch eine Chance, bitte gebt uns noch eine einzige Chance, alles wieder gut zu machen, bitte, bitte, bitte.

Den Aktionären war es schon fast peinlich, erwachsene Menschen so winseln zu sehen und sie konnten sich das Lachen kaum noch verkneifen.
„Raus mit euch“, schrien sie „und seid morgen früh um acht Uhr wieder zum Rapport da.“ Die Agenten stahlen sich davon und die Aktionäre stimmten in ein schallendes Gelächter ein. Sie krümmten sich vor Lachen und kugelten sich auf dem Boden herum.

Währenddessen wurde bei den Osterhasen ein kleines Fest gefeiert, hatten sie doch den ersten Sieg in ihrem Widerstand errungen. Der Stammesälteste hielt eine kurze Ansprache, in der er sich bei allen für ihren Mut und ihre Entschlossenheit bedankte, warnte jedoch auch davor, zu viel und zu lange zu feiern, da die A-As sicherlich wiederkommen werden und sie dann vorbereitet und gestärkt sein müssen. So beendeten sie um neun Uhr ihre Feier und legten sich zur Ruhe.

Drittes Kapitel

Die Belagerung

Pünktlich um acht Uhr in der Früh trafen die Agenten bei den Aktionären zum Rapport ein. Ihnen saß die Angst im Nacken und sie dachten unentwegt, bloß nichts falsch machen, bloß nichts falsch machen. Mit gesenkten Köpfen standen sie da und warteten auf neue Befehle.
„Wir hungern sie aus", donnerte es aus den Aktionären, „dann kommen sie von alleine raus und unterwerfen sich uns wieder. Ihr führt das aus und denkt daran. Es ist eure letzte Chance, vermasselt sie nicht auch noch. Wegtreten!"

Jetzt standen die Agenten ganz alleine da, mit gewaschenem Kopf und neuem Befehl. Vor ihnen die lächelnden Osterhasen und hinter ihnen die drohenden Aktionäre.
Zwei Tage berieten sie, wie sie die Belagerung am besten machen sollten. Es durfte nichts mehr schief gehen, es war ja ihre letzte Chance. So heuerten sie einen Haufen Hilfsagenten an, versprachen ihnen Geld ohne etwas zu haben und zogen zur Belagerung aus.
Die Osterhasen hatten in der Zwischenzeit einiges an Vorbereitungen getroffen. Sie hatten die Vorratskammern bis un-

ters Dach gefüllt, einen Rationsplan erarbeitet und die Arbeitsschichten eingeteilt.
Sie hatten nämlich beschlossen, keinen Befestigungsring aus Steinen oder Holz zu bauen, sondern einen permanenten Ring aus lächelnden Osterhasen zu stellen.

Als die Agenten mit ihren Helfern anrückten, brach großes Gelächter aus. Die Helfer kugelten sich vor Lachen, so etwas hatten sie noch nicht gesehen.
Ein Ring von lächelnden Osterhasen, vor denen sich hoch wichtige Agenten fürchteten. Das war zu viel für die Hilfsagenten und sie gingen nach Hause.

Nun standen die Agenten alleine da, verteilten sich spärlich um die Siedlung und warteten darauf, dass die Osterhasen Hunger bekamen.
Am dritten Tag der Belagerung musste eine Abordnung von ihnen zum Rapport zu den Aktionären.
Sie schilderten was geschehen war und den Aktionären war es auf einmal nicht mehr zum Lachen zumute. „Das müssen wir sofort sehen", sagte einer und sie holten ihre Mäntel.

Am Belagerungsring eingetroffen, trauten sie ihren Augen nicht. Es stimmte, alles nur lächelnde Osterhasen. Jetzt war guter Rat teuer.
„Wir müssen uns sofort mit unseren Anwälten beraten und den Osterhasen das Lächeln gerichtlich verbieten lassen!", sagten sie und gingen davon. „Ihr haltet die Belagerung aufrecht, bis wir uns wieder melden", rief einer noch zurück.

Die Anwälte konnten ihnen jedoch auch nicht helfen, da Lächeln keine Straftat ist.

So riefen sie einen weisen Aktionär an und erhofften sich von diesem Rat. Der sagte aber nur: „Lächeln Sie zurück!“, und legte auf.

„Was soll das denn, will der uns auf den Arm nehmen, der scheint ja ganz schön durch den Wind zu sein!“, bemerkte einer. „Lasst uns einen anderen Weisen anrufen, der Ahnung hat!“, sagte ein anderer und griff zum Telefon. Doch auch da kam nur eine kurze Antwort. „Lächeln Sie zurück!“ und es wurde aufgehängt. Sie versuchten es noch bei einigen anderen Weisen, erhielten aber immer dieselbe Antwort. „Lächeln Sie zurück!“

Was sie auch versuchten, sie bekamen keinen anderen Rat. Aus dieser Not heraus zogen sie gemeinsam an den Belagerungsring, um die Agenten zu unterstützen. Die wiederum waren überrascht über die plötzliche Hilfe.
Der Belagerungszustand hielt so schon zwei Wochen an und es gab kein Anzeichen, dass auch nur einer der Osterhasen Hunger zu bekommen schien. Sie lächelten halt nur.

Die Belagerer hingegen wurden immer nervöser und gereizter. Sie beobachteten und belauschten sich gegenseitig, denn sie hatten bemerkt, dass der eine oder andere von ihnen auch schon einmal gelächelt hatte.

Wem das passierte, der wurde von den anderen gleich angeschrien und gefragt, was das denn solle. Eigentlich hatte im Laufe der Zeit jeder schon einmal gelächelt, aber keiner traute es sich zuzugeben und vor allen Dingen durften die Osterhasen das nicht mitbekommen.

So verstrich die Zeit, bis einer der Agenten sagte: „Mir reicht es. Ich lächele jetzt und gehe dann nach Hause. Ich habe genug von den Osterhasen lernen dürfen!“ Er stand auf und ging schnurstracks auf diese zu, um sich bei ihnen zu bedanken. Die wiederum sahen das Lächeln in seinem Gesicht und begrüßten ihn herzlich. Er durfte sogar in das Innere ihrer Burg und trank mit ihnen Tee, Möhrentee natürlich. Als er sich verabschiedet hatte, ging er raus aus der Burg, mitten durch den Belagerungsring in Richtung Heimat. Er kam aber nicht so recht voran, da die A-As versuchten, ihn aufzuhalten und ihn als trojanisches Pferd in die Burg zu schleusen. Da war aber nichts zu machen, denn dieser lächelte nur, egal was sie anstellten.

Einer rief ihm noch hinterher: „Der ist ja reif für die Klapse!"

Es dauerte jedoch nicht lange, bis ein Zweiter lächelnd aufstand, ein Dritter, ein Vierter und so weiter. Einer nach dem anderen ging zu den Osterhasen, bedankte sich und zog lächelnd nach Hause.

Viertes Kapitel

Die Heimkehr

Zuhause wurden sie bereits erwartet. Man hatte ein großes Fest für die Heimkehrer vorbereitet und die Weisen der Stadt nahmen sie in ihre Zunft auf. Alle waren auf den Beinen, Groß und Klein. Es war ein riesen Volksfest.

Einige besonders dickköpfige A-As aber wollten nicht nachgeben. Sie hielten ihre Stellung, koste es, was es wolle. Den Bewohnern der Stadt war das nur recht, denn das Fest dauerte solange, bis auch der Letzte heimgekehrt war.
Die Osterhasen jedoch hatten ihren lächelnden Ring sogar noch einmal verstärkt, um auch die Letzten zu erweichen.

Irgendwann bemerkten diese, dass sie mit ihrem Dickkopf nichts erreichen konnten und sich nur selber von ihrem eigenen Heimkehrerfest abschnitten.
Langsam fingen sie an, das Lächeln zu üben und merkten auf einmal, wie angenehm das ist. Mit behutsamen Schritten gingen auch sie jetzt zu den Osterhasen, bedankten sich bei ihnen und traten den Heimweg an.

Der Jubel in der Stadt und bei den Osterhasen war grenzenlos. Die Belagerung war friedlich beendet und der Widerstand der Osterhasen hatte nur Gewinner hervorgebracht. Noch nie hatte die Stadt so viele Weise.

Draußen vor der Stadt tat sich aber auch einiges. Die Osterhasen hatten ihrerseits jetzt einen Belagerungsring errichtet. Der Bürgermeister der Stadt ging vor die Tore und begrüßte sie herzlich. Ihm verschlug es fast die Sprache, als er sah, dass alle Osterhasen ihre Eierkiepe auf dem Rücken trugen. Mit geschulterter Kiepe und natürlich lächelnd zogen sie in die Stadt ein und feierten noch lange mit den anderen. Alle, und ganz besonders die Kinder, freuten sich jetzt auf das Osterfest und die Auferstehung.

Wie die Kobolde das Moor besiedelten…

…und was die Menschen von den Kobolden lernen können

Märchen für Erwachsene und Kinder von 4 bis 104 Jahren

Hoch oben im Norden Deutschlands lebte eine Sippe von Kobolden in einem Wald am Rande des Moors. Sie lebten schon lange dort und es war ihnen langweilig geworden.
So hatten sie sich ein Spiel einfallen lassen, um der Langeweile zu entrinnen. Sie zankten sich einfach über alles und nichts. Einige der Sippe standen regelmäßig am Rand des Moors und zankten sich dort. Die einen meinten, dass man im Moor leben könne und die anderen wiederum waren vehement gegen diese Sicht der Dinge. Sie zankten sich lautstark und mit den Händen gestikulierend.
Plötzlich platzte einem der Kobolde der Kragen und er sagte: „Es macht doch keinen Sinn mehr, dass wir uns ewig streiten. Ich probiere das jetzt einfach aus und gehe in das Moor hinein.“ Alle standen nun ganz gespannt am Rand des Moors und beobachteten, was nun mit dem Wagemutigen passiert. Kaum hatte er das Moor betreten, wurde er auch schon eins mit dem Moor und verschwand.
An dieser Stelle muss ich erst einmal schreiben, dass das bei Kobolden so ist, aber natürlich nicht bei uns Menschen, wie wir später noch sehen werden. Wir können und dürfen das Moor so natürlich nicht betreten. Wir würden sofort untergehen und ertrinken.
Der wagemutige Kobold war also nun im Moor verschwunden und die anderen am Rande des Moors begannen sofort

wieder zu zanken und zu streiten. Einige riefen: „Das haben wir ja gleich gesagt“, und die anderen schwiegen fassungslos mit offenem Mund. Sie konnten und wollten es nicht wahrhaben, was geschehen war.
Als sie sich gerade wieder in den Wald zurückziehen wollten, um den anderen von den Geschehnissen zu berichten, meldete sich der verschwundene Kobold. Das Moor lag in dichtem Nebel und alles war richtig gespenstig. Mit ihren Augen konnten sie ihn nicht sehen, aber hören konnten sie ihn. Kobolde können ja telepatisch miteinander reden.
So sagte er ihnen, dass er auf einem kleinen Hügel wieder aufgetaucht sei, wo auch viele Bäume stünden und es sehr schön sei. Das einzig nicht so Schöne war, dass er nass wieder aus dem Moor erstanden ist und nichts zum Abtrocknen hatte, und auch keine trockenen Kleider zum Anziehen. Als er den anderen Kobolden sagte, sie sollten doch auch kommen, es sei doch so schön, trauten diese sich aber nicht. Ob sie Angst hatten, etwas Neues zu erfahren, oder einfach nur wasserscheu waren, ist nicht bekannt. Es traute sich ja keiner, seine Gefühle ehrlich zu beschreiben.
So blieben sie am Rand des Moors stehen und der Wagemutige kam zu ihnen zurück. Einer von den Wartenden war in der Zwischenzeit in die Siedlung im Wald zurückgelaufen und hatte trockene Kleidung und ein Handtuch geholt, was den Rückkehrer sehr berührte. Als er frisch eingekleidet war, traten sie den Rückweg an.
An diesem Abend saßen sie bis spät in die Nacht hinein am Lagerfeuer und lauschten den Worten des Moorforschers. Es war keinerlei Gezanke mehr in der Siedlung und alle wollten gerne die neue Welt inmitten des Moores kennen lernen. Das einzige Problem, das sie noch hatten, war, dass keiner bereit war, sich in Wasser aufzulösen und auf der geheimnisvollen

Insel nass wieder aufzutauchen. An dem Abend fanden sie keine Lösung und gingen schlafen.
Beim Frühstück am nächsten Morgen sagte einer der Kobolde: „Wir müssen einen Weg über das Moor zur Insel hin bauen!“ Die Idee fanden alle gut und überlegten, wie sie das denn machen sollten, bis der Sippenälteste sagte: „Lasst uns aufhören zu diskutieren und an den Rand des Moores gehen. Da können wir vor Ort ausprobieren, wie und womit wir das machen können.“
Zuerst rollten sie einige Steine ins Moor, doch diese gingen sehr schnell unter. So ging es also nicht. Das hatten sie jetzt erfahren. Als sie dann einige umgefallene Bäume auf das Moor legten, bemerkten sie, dass die nicht untergingen und sie sogar darauf stehen konnten. Jetzt wussten sie, wie es geht und begannen den Brückenbau zu planen.
Es wurden verschiedene Arbeitsgruppen gebildet. Die erste war für die Beschaffung von geeignetem Holz zuständig. Die zweite brachte die Balken alle auf die gleiche Länge, so dass der Weg gleich breit wird. Würde er ungleich breit, wäre es viel zu gefährlich darauf zu laufen, vor allem auch bei Nebel. Die Balken sollten nämlich quer vor ihnen auf das Moor gelegt werden.

Die dritte Gruppe war für den Transport zuständig und die vierte zum Verlegen der Balken im Moor.

Am nächsten Morgen begannen sie mit dem Bau und kamen auch gut voran. Ach ja, die fünfte Gruppe hätte ich fast vergessen. Diese versorgte die anderen mit Speisen und Getränken und der Wagemutige war für die Ausrichtung des Weges zuständig. Dazu musste er natürlich hin und wieder ins Moor und mit ihm eins werden, um von der Insel aus zu schauen,

ob der Weg die richtige Richtung nahm. Auf der Wegbaustelle hatte er sich trockene Kleider parat gelegt und so machte es ihm auch nichts mehr aus, regelmäßig ins Moor zu gehen.
So arbeiteten sie Wochen und Monate zusammen und zankten sich überhaupt nicht mehr. Im Gegenteil. Ihre Freude, das neue Land zu sehen, wuchs von Tag zu Tag. Und als der Späher, so nenne ich den Wagemutigen einfach mal, sagte, dass es nur noch ein kurzes Stück sei und sie die Insel auch schon von der Baustelle aus sehen konnten, beschlossen sie, am Abend ein großes Fest zu feiern.
So hörten sie an diesem Tag etwas früher mit der Arbeit auf und bereiteten das Fest vor. Sie feierten bis tief in die Nacht hinein und begannen den nächsten Tag auch etwas später.
Der letzte Bauabschnitt ging noch schneller vonstatten, da sie alle sehr motiviert waren und natürlich auch die Arbeitsabläufe schon wie am Schnürchen liefen. Jetzt war der große Moment da und die Verbindung zur Insel war geschlossen. Einer nach dem anderen betrat das neue Reich und es gefiel allen sehr gut.

Da die Sippe im Wald ohnehin schon zu groß war, beschlossen einige, auf der Insel zu wohnen. So bauten sie alle zusammen ein neues Dorf und hatten daher erneut keine Zeit mehr zu zanken.
Als das Dorf jedoch fertig war, beschwerten sich die ersten Kobolde darüber, dass das Laufen auf den Balken zu mühselig sei. Begannen sie etwa wieder zu zanken? Wurde ihnen wieder langweilig? Ich weiß es nicht, das ist ja auch nicht so wichtig.
Einer jedenfalls hatte die Idee, Grasplaggen auf die Balken zu legen, und das fanden alle gut. Auf Gras zu laufen ist ja

viel angenehmer und so begannen sie wieder zu bauen. Es war eine reine Freude mit nackten Füßen über das Gras zu laufen, und alle waren zufrieden. Als jedoch der Winter kam, sackte der Weg durch das Gewicht der Grasplaggen ein wenig ab und so konnten sie nur noch mit Gummistiefeln darüber laufen.

War die Idee mit den Grasplaggen vielleicht doch nicht so gut? Oder doch? Auf jeden Fall stritten sie sich nicht mehr und gingen halt den ganzen Winter mit Gummistiefeln darüber.

Im Frühjahr beschlossen sie eine neue Lage Balken darauf auszulegen und es machte ihnen wieder genauso viel Spaß, wie beim ersten Bau. Und da sie ja nun erfahrene Brückenbauer waren, dauerte es auch gar nicht mehr so lange.

Als der überarbeitete Weg fertig war, bemerkten sie, dass die Balken viel höher über dem Moor lagen, als beim ersten Bau, und der Weg auch weniger schwankte.

Kurz entschlossen legten sie auch gleich wieder eine neue Lage Grasplaggen auf und konnten so wieder leicht mit nackten Füßen darüber laufen. Da der Weg jetzt richtig stabil war, befuhren sie ihn nun auch mit Handwagen und freuten sich über ihren Erfindergeist und Tatendrang.
Dieser Weg hielt auch schon einen ganzen Sommer und sogar den ganzen Winter, doch dann sackte er wieder etwas ab. Das wiederum machte ihnen nichts mehr aus, denn sie verstanden ja schon viel mehr vom Moor und dem Leben.
So wurden in den nächsten Jahren immer wieder neue Balkenlagen und Grasplaggen aufgetragen und sie bauten den Weg immer etwas breiter.

Die Späherschule

Der wagemutige Späher hatte mit den Bauarbeiten nichts zu tun und so vereinte er sich immer wieder mit dem Moor, um es weiter zu erkunden. Das sahen auch die anderen Kobolde und wurden immer neugieriger.
So kamen immer mehr zu ihm und fragten, ob er ihnen das nicht auch beibringen könne. Sie würden auch so gerne einmal erleben, was im Moor alles geschieht.
So gründete er kurz entschlossen am Rande der neuen Insel eine Späherschule. Der erste Ausbildungskurs war sofort mit Teilnehmern voll und er fragte sich: „Wie soll ich ihnen mein Wissen vermitteln? Ich weiß, dass ich es kann, aber doch nicht so genau, wie ich das machen soll. Was soll ich jetzt bloß tun?“ Er überlegte und überlegte, fand jedoch keine Antwort.
So begann der erste Kurs und er wusste nicht, was er machen sollte. Aus seiner Not heraus sagte er: „Wir gehen jetzt ein-

fach ins Moor und machen es. Wichtig ist, dass ihr das Vertrauen an euch selber bewahrt und wisst, dass ihr es könnt, sobald ihr es wirklich wollt. Habt keine Angst. Geht einfach in das Moor hinein und umarmt es.“

An dieser Stelle muss ich noch einmal darauf hinweisen, dass dieses für Kobolde gilt und nicht für Menschen. Wie Menschen in eine andere und neue Dimension gelangen können, lernen wir später von den Kobolden.

Des Weiteren sagte er den Lernenden: „Ich gehe auch nicht gleich mit ins Moor, sondern ich warte, bis auch der letzte von euch den Mut gefasst hat, diesen Schritt in die neue Welt zu tun. Dann komme ich sofort zu euch und begleite euch weiter.“

Jetzt standen alle am Rande des Moors und es zitterten ihnen die Knie. Bei einigen, die ein Gebiss trugen, klapperten sogar die Zähne. Hinter ihnen stand der Ausbilder und entspannte sich immer mehr. Er erwartete nichts mehr von seinen Schülern und seine eigene Entspannung übertrug sich auf die Schüler. Und dann passierte es. Der erste Schüler machte einen Schritt nach vorn und vereinte sich sogleich mit dem Moor. Dabei strahlte er eine Zufriedenheit aus, die auch den

Nächsten folgen ließ, und dann der Nächste und der Nächste, bis sie alle mit dem Moor vereint waren.
Nun vereinte sich auch der Ausbilder mit dem Moor und tauchte gemeinsam mit den anderen auf einer neuen Insel wieder auf. Dabei waren sie natürlich auch ein bisschen stolz auf ihren Erfolg und vor allem auch auf ihren Mut.
So standen sie jetzt auf einer neuen Insel und beschlossen, diese ebenfalls mit einer Brücke zu verbinden. Als sie wieder zurück bei den anderen waren, berichteten sie ihnen von ihrem großen Erfolg und der neuen Insel. Der Bautrupp war begeistert von der Idee, eine neue Brücke dorthin zu errichten. Ihnen war es in der letzten Zeit nämlich wieder etwas langweilig geworden und sie wollten auf keinen Fall wieder anfangen zu zanken. So begannen sie unverzüglich mit dem Bau.

Der erste Weg, den sie gebaut hatten, wurde auch immer breiter, denn sie kippten an dessen Rand immer wieder Erde und Sand ab. Mit den Karren, die sie sich gebaut hatten, ging das recht einfach. Auch hatten sie schon ein paar Bäume an dessen Ränder gepflanzt und hatten so etwas Schatten auf dem Weg.
Der neue Weg wuchs auch beständig und so entwickelte sich ihr Reich im Moor mehr und mehr zu einem kleinen Paradies. Sie liebten ihr neues Reich sehr und machten ihre Arbeit mit voller Lebensfreude. Jeder hatte seine Aufgabe und alle waren gleichwertig. Das Zanken war gänzlich verschwunden. Sie konnten sich fast nicht einmal daran erinnern, dass sie dieses früher immer getan hatten.

Einige der neu ausgebildeten Späher machten auch immer weitere Reisen im und mit dem Moor.

Eines Tages tauchten einige von ihnen am Rand des Moors fernab ihrer Siedlungen auf und sahen das erste Mal in ihrem Leben Menschen. So erschraken sie alle. Die Menschen genauso, wie die Kobolde. In dem Moment, in dem sie erschraken, verschwanden die Kobolde auch schon wieder, tauchten aber kurze Zeit später wieder auf, da sie ja sehr neugierig waren.

Die Menschen aber begriffen die Welt nicht mehr. Wie konnte es sein? Mal waren Kobolde da und im nächsten Augenblick waren sie verschwunden.
So standen die Menschen am Rand des Moors und zankten sich. Die einen sagten: „Ihr spinnt doch alle! Ihr bildet euch die Kobolde nur ein. Es gibt gar keine und ihr seid einfach verrückt." Andere hielten dagegen und sagten: „Wir spinnen nicht und die Kobolde gibt es wirklich."
Es war ein heftiger Streit unter den Menschen entstanden und es flogen nur so die Fetzen.

Als die Kobolde das sahen, erinnerten sie sich daran, dass sie vor Generationen von Jahren, als sie noch im Wald lebten, das doch genauso gemacht hatten. Plötzlich sagte einer der Kobolde: „Wir müssen den Menschen helfen. Die bringen sich ja noch gegenseitig um bei dem ganzen Gezanke! Wir müssen ihnen sagen, dass sie sich mit der Erde und allem was ist, vereinigen können. Dass sie doch genauso wie wir aus der Freude und Leichtigkeit leben und arbeiten können. Dass wir doch alle gleichwertige Wesen auf dieser Erde sind." „Aber wie sollen wir das denn machen?", fragte ein anderer Kobold.
Da die Kobolde es ja gelernt hatten, sich nicht mehr zu zanken, beschlossen sie, sich erst einmal wieder auf ihre Insel

im Moor zurückzuziehen, um dort in Ruhe zu überlegen, was zu tun ist.
An diesem Abend wurde bei den Kobolden eine Versammlung einberufen, bei der die Späher den anderen von ihrem Kontakt mit den Menschen berichteten. Alle lauschten gespannt und begriffen schnell, dass sie eine neue Aufgabe zu bewältigen hatten. Mit diesem Wissen um eine neue Aufgabe gingen sie auseinander, um erst einmal in Ruhe darüber zu schlafen und nachzudenken.

Hierzu muss ich einfügen: Wenn Kobolde „nachdenken" sagen, meinen sie eigentlich meditieren. Bei ihnen hatte sich das bereits eingelebt, so dass es für sie völlig normal geworden ist. Im Unterbewusstsein konnten sie sich noch schwach daran erinnern, dass ihre Vorfahren doch immer wieder in Streit und Zank verfielen, wenn sie sich von ihrem Verstand haben benutzen lassen. Sie wussten so, dass der Verstand ihr Ego ist und dieser sie immer wieder in die Irre, das heißt, in neuen Streit und Zank, verführt hatte.
Bei der Meditation hingegen hatten sie gelernt, den Verstand zuerst auszuschalten, um ihn dann zu benutzen und sich nicht mehr von ihm benutzen zu lassen. Sowohl zum Nutzen der gesamten Erde, als auch für sich selber.

Am nächsten Morgen versammelten sie sich erneut, um zu beraten. Der erste Kobold meldete sich zu Wort und sagte: „Wir müssen die Menschen erst eine Weile beobachten, um zu sehen, wie wir Zugang zu ihnen bekommen, damit sie uns überhaupt anhören und verstehen können." Einer nach dem anderen rief dann: „Ja, das sehe ich auch so. Wir müssen die Menschen erst beobachten." Sie waren einer Meinung, ohne zu diskutieren. Sie hatten alle Recht und keiner Unrecht.

In dieser Einigkeit zogen die Späher wieder aus, um die Menschen zu beobachten und daraus zu lernen. Abends berieten sie sich dann mit den anderen und tauschten sich gewinnbringend für alle aus. Einige Späher berichteten, dass sie Menschen gesehen haben, die immer nur in Gruppen in die Natur gingen. Ihre Münder standen so gut wie nie still und oft hatten sie auch Stöcke in den Händen mit denen sie Krach machten. Denen konnten sie nichts erzählen, da sie vor lauter eigenen Gedanken und Geräuschen nichts anderes hätten hören und sehen können.
Andere berichteten, dass sie Menschen gesehen haben, die still und alleine durch die Natur gingen. Manche setzten sich sogar zwischendurch hin und lasen in einem Buch.

Als die Köchin dies hörte, platzte es wie ein Geistesblitz aus ihr heraus. „Das ist es! Das ist es! Wenn die Menschen ein Buch lesen, sind sowohl ihr Mund als auch ihr Verstand still. Bei mir ist das genauso. Wenn ich in der Küche neben dem großen Topf sitze und darauf warte, dass das Essen gar wird, lese ich auch oft in den Büchern, die einige der Späher geschrieben hatten. Dann ist alles in mir ganz still und ich erlebe dabei, was der Schreiber des Buches so alles erlebt hat. Wir müssen einen Schreiberling unter den Menschen finden, dem wir unser Wissen mitteilen und der dann daraus ein Buch macht. So können wir die Menschen mit unserem Wissen erreichen.“
Dieser Gedanke begeisterte alle und die Späher wussten sogleich, was zu tun war. Sie stärkten sich noch mit etwas Wohlschmeckendem und gingen dann schlafen.

Am nächsten Morgen reisten sie in aller Frühe wieder in die Welt der Menschen. Dabei bemerkten sie sehr schnell, dass

sie auch in die Centren der Menschen reisen konnten, diese aber nicht in der Lage waren, die Kobolde dort zu erkennen. Sie trafen in den Centren auch Schreiberlinge, aber selbst die waren in dem allgemeinen Tumult nicht dazu in der Lage, die Kobolde wahrzunehmen.
So blieb ihnen nichts anderes übrig, als wieder zurück ins Moor zu gehen und darauf zu warten, bis sich ein Schreiberling dahin verirrt.

An dieser Stelle muss ich noch einfügen, dass die Menschen das Moor natürlich auch schon für sich entdeckt und besiedelt hatten. Sie hatten es jedoch mit brachialer Gewalt und auch mit großen Maschinen für sich erschlossen und den Lebensraum der Kobolde und anderer Wesen immer mehr eingeschränkt.

„Na ja, so sind die Menschen nun mal ›noch‹", sagte ein Kobold. „Wir gehen halt immer wieder ins Moor, bis wir einen Schreiberling dort treffen."
Und es dauerte auch nicht lang, bis an einem nebligen Novembertag ein in sich versunkener Mensch durch das Moor spazierte.
„Das könnte ein Schreiberling sein!", sagte einer der Kobolde, und sie brachten sich in eine Position, in der sie gesehen werden müssten. Sie tanzten und gestikulierten und tatsächlich erkannte der stille Mensch die Kobolde. Dabei erschrak er zuerst, beruhigte sich aber schnell wieder und fragte: „Was macht ihr denn hier? Euch gibt es ja wirklich. Ich dachte immer, euch gäbe es nur in Geschichten und Märchen."
„Doch, uns gibt es wirklich!", antwortete einer der Kobolde. „Und nicht nur in euren Geschichten. Wie könntet ihr denn

überhaupt eine Geschichte über Kobolde schreiben, wenn es uns nicht gäbe", sagte er weiter.
Das machte den Wanderer doch sehr neugierig und er kratzte sich erst einmal am Kopf.

„Was machst du denn für eine Arbeit und weshalb bist du bei diesem Nebel alleine im Moor?", fragte einer der Kobolde keck. Kobolde sind nun mal so direkt und reden nicht lange um den heißen Brei herum.
Das wiederum gefiel dem Menschen, denn er mochte das Gerede um den heißen Brei, das bei Menschen so üblich ist,

überhaupt nicht, und so gab er zur Antwort: „Ich schreibe Bücher und Märchen und versuche damit die Menschen wieder an das Wesentliche im Leben zu erinnern. In diesem stillen Moor bin ich, um neue Ideen für meine Bücher zu finden."
„Dann bist du hier genau richtig! Wir suchen nämlich einen Menschen, der das, was wir den Menschen sagen wollen, in einem Buch aufschreibt. Nur so können es die Menschen doch erfahren."

„Dazu hätte ich wohl Lust", antwortete der Schreiberling zögernd. „Aber wie soll ich das denn machen? Dazu muss ich ja viel über euch erfahren und eure Welt kennen lernen. Wie soll das denn bloß gehen?"
„Mach dir keine Sorgen darüber, lieber Schreiberling. Wenn du uns nicht wohl gesonnen wärst, könntest du uns jetzt auch nicht sehen und hören. Und daher kannst du gerne mit uns in unser Reich kommen und unser Leben studieren."

„Geht das denn?", fragte der Schreiberling ängstlich und ein Kobold antwortete ihm heiter: „Natürlich geht das! Du musst nur immer in der Liebe bleiben. Zu uns, zu deinen Mitmenschen und natürlich auch zu dir selber."
„Das tue ich doch", antwortete er ganz leise. „Deshalb schreibe ich ja Bücher."
„Siehst du, lieber Mensch, so kannst du auch mit in unser Reich kommen, denn wir lieben die Menschen ebenso."

Die Kobolde erklärten dem Schreiberling noch, dass er einfach nur in einen traumähnlichen Zustand zu gehen brauche und dabei nicht einschlafen solle, um den Kontakt zu ihnen herzustellen.

Auch erklärten sie ihm, dass die Kobolde zwischen den Zeiten wechseln können, da sie ja ohne Raum und Zeit auf der Erde lebten und leben.

So wurde unser Schreiberling dazu eingeladen, in der Zeit zurückzugehen, um an der Besiedlung der Moore durch die Kobolde als Berichterstatter teilzuhaben und darüber zu schreiben.

Und Sie, liebe Leserinnen und Leser, lade ich dazu ein, die Erkenntnisse der Vergangenheit der Kobolde in eine positive Zukunft für Menschen und Kobolde zu verwandeln.

Peter Classen

Peter Classen:

Die Revolution in uns

Bewusstseinserweiterung und Heilung
durch die Auflösung des Egos

Erschienen im ESE Verlag 2014
ISBN 978-3-941163-19-5

Peter Classen:

Die Welt der Bilderdenker

Wie AD(H)s- und Legasthenie-Begabte
ihre angeborenen Talente entdecken
und entfalten können.
Erschienen im ESE Verlag 2012
ISBN 978-3-941163-16-4

Peter Classen:

„anders zu sein ist das Normale“

Die Welt der Bilderdenker.
Ein Radioausschnitt bei „Radio eins“
vom 11. März 2009.

Info: www.peter-classen-fantasiereisen.de

Peter Classen:

Indigo-Menschen und der Weg aus dem Burnout (TB)

Ihr Anderssein ist eine Chance!

Erschienen im AMRA Verlag 2009
ISBN 978-3-939373-27-8

Weitere Informationen zum Autor und zu seinen Projekten finden Sie auf der Homepage von Peter Classen: www.peter-classen-fantasiereisen.de